文学评论

桃源文心

TAOYUAN WENXIN

张 立 著

山东友谊出版社

序

永远的陶渊明。

千百年来，陶渊明的"桃源梦"成了许多文人前赴后继追逐的绿色的梦。因为"人与自然"是人类的一个"元问题"，"桃源梦"试图通过文学对这个"元问题"进行解剖。它似乎也解开了人与自然的秘密，提供的答案是：回归自然，做一个自然人。

这个答案实在简单，但，又有几人能实现？

在"草盛豆苗稀"中"悠然见南山"，确实是回归自然，但是面对"草盛豆苗稀"的物质贫乏，又有几人能"悠然"？

"桃源梦"在我看来，是一个近似信仰的梦。它的主角是人，回归自然、诗意栖居，也是近似信徒式的追求，牵涉到生存的智慧、精神的追求、对自然的敬仰，等等。

长期处于物质丰富的生活里，诗人都没有诗意了，还奢谈什么诗意栖居？"桃源梦"离我们越来越远，成了几乎永远无法实现的乌托邦。

越是无法实现越有诱惑力。面对诸多诱惑，人们的心乱了，许多文人自觉不自觉地想到了"桃源梦"。他们或用"桃源梦"来按摩自己的心灵，或用"桃源梦"来重塑人们的灵魂，千方百计想在作品中重新激活"桃源梦"，续写他们心中的"桃源梦"，让这个简单的"桃源梦"能延续下去。

这部著作以当代作家反复激活"桃源梦"、延续"桃源梦"的作品为研究对象，不仅对这方面的作品进行了系统梳理和检阅，而且从哲学和审美层面对其进行了探讨和评论，它的价值和意义应该引起我们的重视。

我对此著述有些偏爱，因为它所选择的那些作家，汪曾祺、张炜、格非、阎连科等寻求"桃源梦"的作品极有代表性、典型性，影响了一代读者，这一点非常重要。

我阅读过不少评论作品，有些作者没有对自己的研究对象进行甄别，甚至用一些没有影响力的一般作家的作品来支撑重要的论点，这既是学风问题，也是一种科研能力的弱化。

这部著作的可贵之处是有眼力，对作家、作品选择得准，同时又对作品研读得认真，读出了创见。

"桃源梦"赋予了作家们写作的激情，同时也激发了该书作者的灵感。从某种意义上说，该论著在现当代作家反复激活"桃源梦"的基础上又进行了一次再激活。

我希望，《桃源文心》能引发大家关注"桃源"这个独具魅力的精神家园的兴趣。

范培松

范培松，苏州大学教授、博士生导师。中国作家协会会员、江苏省现代文学研究会副会长。曾任苏州大学中文系主任、苏州市作家协会主席，著述颇丰。

目 录

引　言

一千五百多年前，头戴葛巾身着短褐的陶渊明，于躬耕南山之际，吟成妇孺皆知、脍炙人口的千古绝唱——《桃花源记》。

自此，《桃花源记》便成了后世文人在失落苦楚、逃避隐匿时可以用来自我安慰的文字。桃花源——那个"桃花林夹岸"的宁静田园，不仅成为世人眼中美妙的精神家园和理想社会的代名词，而且在中国文学史上产生了十分深远的影响。

沈从文在《桃源与沅州》一文中写道："全中国的读书人，大概从唐朝以来，命运中注定了应读一篇《桃花源记》，因此把桃源当成一个洞天福地。人人皆知道那地方是武陵渔人发现的，有桃花夹岸，芳草鲜美。远客来到，乡下人就杀鸡温酒，表示欢迎。乡下人皆避秦隐居的遗民，不知有汉朝，更无论魏晋了。千余年来，读书人对于桃源的印象，既不怎么改变，所以每当国体衰弱发生变乱时，想做遗民的必多，这文章也就增加了许多人的幻想，增加了许多人的酒量。"[1]

从文化生成的角度来看，陶渊明笔下的"桃源""桃源梦""归去来兮"等之所以具有强劲的文化穿透力，是因为"桃源"已不再是一个普通意象，而是凝聚着某种潜意识感悟，处于传统文化深层内核中的具有典型意义的原型母题。

所谓原型即艺术中那种"典型的、反复出现的意象"[2]。在原型批评的先驱——瑞士著名心理学家荣格看来，"最有影响的理想永远是原型的十分明显的变体"，而作家只不过是一个"用原始意象说话的人"，[3]原型不是个人的经验，而是种族的记忆，是集体无意识的内容，无意识之于个人，称为"情结"。情结是指人在现实世界中不可能实现的，以无意识的形态潜在于意识深处的愿望和追求。当某个人具有某种情结的时候，他往往沉迷于此而不轻易改变。作为一部伟大的文学作品，《桃花源记》本身拥有的神秘内涵是永恒的，其意象不是陶渊明自己凭借个人心智的一时创作，而是人类所深蕴的原始智慧和宝贵的精神遗产的一种显现。

西方也有类似于中国桃源原型代表理想境界的现象。"古希腊诗人赫西尼德就有关于'黄金时代'的叙述，此后，'黄金时代'就没有离开过西方人的心灵。柏拉图的'理想国'也是'黄金时代'的改头换面。"[4]在中国，溯源而上，让我们回返无意识深处的原始意象。早在"桃花源"这一审美境界和理想社会出现之前，《魏风·硕鼠》中描摹的"乐土"就寄托了古人追寻自由惬意的生活之所的愿望，《老子》第八十章所写的"甘其食，美其服，安其居，乐其俗。邻国相望，鸡犬之声相闻，民至老死，不相往来"，则更是为桃花源的描绘提供了蓝本。"乐土""小国寡民""至德之世"，还有儒家描绘的"大同社会"，潜移默化地渗透进陶渊明的情感框架中，形成了桃源原型的呈现模式。

陶渊明流传下来的诗文并不多，仅有一百三十多篇，可是"桃源"意象令他备受后人的崇敬与仰慕，仅以"拟陶""和陶"为题的后世诗作便不下千首。又加之他自解印绶，精神上自我放逐，以农人的装束、文人的心境雅趣，回归乡野，放歌丘壑，完成了对精神家园的最现实的建构，因此，后世文人对他除了在创作实践上追随外，在日常生活中也会有意效仿。

陶渊明在千年之前镌刻的烙印太过深邃，以至于古代作家们弦歌不绝地温习桃源梦，现代作家们意犹未尽地与之颉颃，当代作家们难以释怀地望洋兴叹。"桃源"的意象就这样在中国文学传统链条上环环相扣，并作为中华民族的集体记忆一脉相传地沉淀在民族的灵魂深处了。

任何一个在中国的文化语境中成长起来的作家都不可能不受到传统文化的浸渍、熏陶和影响，并有意识地接受或无意识地渗透进自己的作品之中。建构纯粹性桃源的汪曾祺曾说："我是一个中国人。中国人必须会接受中国传统思想和文化的影响。"[5]西方的文学注重情感的直接宣泄，而中国的文学对感情的宣泄是有所克制和抑制的，所谓"发乎情止乎礼"，作家会借助意象的指代意义，进入桃源的虚融淡泊的境界。

古老的文学传统是中国文学不断革新的不竭源泉，而"传统不会毫厘不爽地保持其原貌，也不会原封不动地返回它的起点，它常常是由诸多变异的形态首尾相连所构成的链式结构"，即"传统的延传变体链"。[6]桃源原型在这个链条上呈现不同的变体，"原型作为一种文学传统，原本只是一种抽象形式，它只是在文学创作中被注入充实的内容，才重新复活过来，加入实际生活的进程"[7]。"桃源"和所有的文学传统一样没有被尘封，而是经过当代作家的当代精神和主体意识，经过时代新的内容的注入得到了重建。"桃花源"因为融进了现代理性精神而获得了新的存在价值，从而超越偶然走向了永久。在纷乱的现代历史环境中，桃源原型与身心憔悴的现代作家欲求远遁尘嚣的心理不期而遇，于是沈从文、废名等作家展现了俗美的牧歌式生活画面，成为现代桃源叙事的首开风气者。步入当代，社会世俗化导致桃源原型在小说中的置换变形，表现为汪曾祺笔下的纯粹性桃源空间，展现为"知青作家"留存青春、理想和生命信念的"桃源"，体现为张炜以沉稳的姿态坚守道德理想的内心桃源，浮现为叶弥营造的对当下文明有一定程度屏蔽的桃源

3

空间，呈现为桃源主题意识蜕变甚至悖逆的莫应丰、叶兆言等作家的桃源叙事小说。

经历了"伤痕""反思""改革""寻根"的发展过程，经历了先锋小说和写实主义小说的高潮迭起，经历了20世纪90年代"准个体时代"[8]写作的众生喧哗，作家们的思维触角伸展到人类生活的每个领域，并且延伸到了民族历史的纵深处。

"桃源"意象自觉不自觉地渗透进小说中，无论是描写现实还是书写历史，都包含了在作家复杂的社会心理结构中与某种情感诉求息息相关的对乡土的偏爱。与20世纪二三十年代沈从文、废名等作家的桃源叙事小说相比，当代桃源叙事小说呈现出不同的思维变体，在对桃源追寻的链条上也更多地增加了挣扎和矛盾，这不能不说当代作家对桃源的感情，夹杂了更多的精神彷徨。

传统的桃源主题意识蜕变，桃源在希望中建构，又在失望中消解，甚至走向了悖逆之途。

桃源望断无觅处，留待他年说梦痕。桃源原型在新时期的置换变形，源于当代作家在城市生活辗转中和文化浸染下，改变了桃源叙事的动力机制，增加了更多文化批判和历史反思的成分。

探究桃源原型对现当代小说的潜在影响，把握桃源叙事小说带有的共同性创作特征，从审美层面和哲学角度透视当代知识分子的精神格局，是十分有趣的话题。

笔者除了从宏观的外部研究的角度对桃源叙事小说进行梳理，对桃源意象内含的价值、显露的鲜明特征以及频频出现的原因进行探求外，还从微观的内部研究的角度，重点选择了张炜、叶弥、格非和阎连科的小说文本进行详细的分析和论述。当代桃源叙事小说暗含了作家们浓厚的乡土情结和浓郁的回归意识，对童年视角富有美学意义的运用是汪曾祺、迟子建的桃源叙事小说的叙事特征。桃源叙事文学与中国传统一脉相承，不是西方文化背景下的现代性乌托邦，而是一个"向后看"的中国传统的乌托邦。笔者选择张炜、叶弥等代表性作家的作品进行分析的同时，还对格非和阎连科的作品进行了细致入微的比析解读，以期能够把握受传统文化熏陶的中国知识分子精神立场之转捩点。

张炜一直以来对精神世界不懈地叩问、探询和求索，他在《九月寓言》里建构了乡村诗意桃源，这意味着他在故地踏出了"寻找野地"的一大步，此后创作的《柏慧》和《刺猬歌》探讨了执拗坚韧的知识分子永恒的精神守望，虽然这种坚守在《你在高原》中不断陷入现实的围困，虽然这种坚守在《独药师》中染上了倔强的色彩。叶弥追求人性古朴、生命纯真这一审美观照，憧憬真善美的审美理想和精神桃源，从大柳庄到桃花渡，从明月寺到止水庵，她在小说中营造了偏离现实的"另一重空间"[9]，构建了一处处桃源境地，并由桃源叙事于不经意间走向了叙事伦理。格非的《人面桃花》和阎连科的《受活》与叶弥的小说不同，书写了在现实和历史空间里对桃源的苦苦寻觅。在格非的《山河入梦》和《春尽江南》中，互联网时代的人们找不到突围路径，销蚀了梦逐桃源的念头。

笔者的目的是将单个作家的作品纳入整体的桃源叙事作品的研究中，从意象、主题、人物、情节、叙述技巧乃至叙事特征等方面进行梳理、归纳和论证，把对个别作品的研究提升到揭示普遍性、共同性和规律性的高度，以求提高文学批评的学术水平。

国内对桃源叙事文学的研究主要侧重于古代文学，其成果可谓汗牛充栋，其中有研究陶渊明的归隐体验、诗意生存、回归主题影响后世诗文创作的论文，有探讨桃源境界、家园之梦、东方乌托邦在诗文中呈现情况的论文。李剑锋的《元前陶渊明接受史》（齐鲁书社出版）和刘中文的《唐代陶渊明接受研究》（中国社会科学出版社出版）等论著均从不同方面讨论到了陶渊明对后世的巨大影响和桃源意象在古代文学中的大量呈现。不过，桃源意象研究中涉及现当代文学内容的学术成果寥寥无几，而且多关注20世纪30年代的乡土作家，论题多有叠合现象。阎笑雨的论文《论中国现代乡土作家的"桃花源"情结》给我较大启发，他归纳了现代乡土作家离开"桃花源"，回归"桃花源"，重构"桃花源"的心路历程，这一心路历程体现了中国现代乡土小说作家对中国现代社会独到的思索。

汪树东所著的《中国现代文学中的自然精神研究》（黑龙江人民出版社出版）和樊星所著的《当代文学与多维文化》（武汉大学出版社出版）皆有章节探讨桃花源理想世界的营构以及陶渊明在当代文学中打下的烙印。汪树东重在从精神立场方面对中国现代文学整体特质进行初步探索，勾勒了自然精神在中国现代文学中的内在发展肌理与脉络。樊星的专著里有一个极不起眼的小标题是《〈桃花源记〉的现代版》，尽管文字不多，却揭示了"桃源梦"在当代人的文化记忆中具有的复杂意味。

所谓"桃源文心"，是以桃源叙事作为研究当代小说的一个切入角度，洞悉作家们那份"为文之用心"。

笔者拟在广泛地阅读中国现当代小说文本的基础上，把握住相关作品背后隐含的或者作品表面彰显的桃源意象，对其进行解读和类型划分。以对古代文学和现代文学桃源原型的文学研究成果为起点，倚仗当代小说文本进行延展性研究。用文学传统论、叙事学、接受美学、生态文艺学的观点，通过原型批评方法，结合相关作家文本，为亘古至今的桃源叙事提供新的研究范畴和视野。

参考文献：

[1]沈从文：《桃源与沅州》，见《沈从文全集》第11卷，北岳文艺出版社2002年版，第233页

[2][加拿大]N．弗莱：《作为原型的象征》，见叶舒宪选编《神话——原型批评》，陕西师范大学出版社1987年版，第151页

[3]钱谷融、鲁枢元主编：《文学心理学》，华东师范大学出版社2003年版，第440-441页

[4]王学谦：《自然文化与20世纪中国文学》，吉林大学出版社1999年版，第21页

[5]汪曾祺：《我是一个中国人——散步随想》，见《汪曾祺全集三》（散文卷），北京师范大学出版社1998年版，第300页

[6]姚文放：《当代性与文学传统的重建》，人民文学出版社2004年版，第158页

[7]姚文放：《当代性与文学传统的重建》，人民文学出版社2004年版，第91页

[8]黄发有：《准个体时代的写作——20世纪90年代中国小说研究》，上海三联书店2002年版，第14页

[9]何瑛：《你的世界之外：从大柳庄到香炉山——叶弥小说中的乌托邦实践》，《扬子江评论》2015年第4期，第38页

上　编

第一章　桃源意象之嬗变

"桃源"是中国古代文人的精神归宿和理想境界，厌倦官场和世俗的士大夫们无不想置身其中，找回自我。

古代文学中企慕和歌咏"桃源"的文学作品蔚为大观。盛唐诗人王维的《桃源行》把"桃花源"看作仙境；韩愈的《桃源图》志在理想境界；宋人王安石的《桃源行》把"桃花源"看作是"虽有父子无君臣"的理想社会；苏轼的《和陶桃花源》思考理想生活境界；明朝的汤显祖在《南柯记》中描写理想桃源。

白居易、陆游、辛弃疾莫不在诗词中提笔附和。即便在朝鲜和日本，也有众多的追和者。"桃花源"超出了偶然和暂时的意义，变成了永恒和长久的命题。

我们不能不慨叹桃源意象的巨大魅力。桃源意象受到当今中国作家的真诚服膺，并在某种特殊触动下以不同的形式得到了延续和扩展。

　　中国现当代出现了一批桃源叙事的小说，呈现出一个独特的桃源意象群体。无论是废名诗意表达的"史家庄"、沈从文高扬牧歌的"湘西"、汪曾祺寄托情怀的"大淖"世界、贾平凹留恋传统的"商州"，还是张炜渲染自在人性的"芦青河边"、迟子建洋溢天真童心的"北极村"、叶弥营造世外桃源的"桃花渡"、格非设置现实桃源的"花家舍"、阎连科述说奇特历史的"受活庄"、陈继明描写避世生活的"蝴蝶谷"，都具有桃源的特质。

　　桃源原型就这样贯穿于古今文学的发展进程中，在不同时代不同文本中不断重复出现。通过对桃源意象的解读分析，我们可以透视当代小说传统桃源叙事模式的变体和桃源主题意识的蜕变，把握当代作家的关键精神格局，察看其蕴含的独具特色的文化内涵。

第一节　悠然神往桃源梦

——桃源原型与现代作家不期而遇

桃源原型在文学创作中反复呈现，这不仅仅是同一题材的借用和延续，也是作家集体无意识的继承，创作本身就是对原型的有力激活。

以中国现代乡土小说为例，具有理性思想的中国知识分子就对"桃花源"拥有复杂多变的情感。

鲁迅的《故乡》《社戏》等作品，描写了远离纷乱尘嚣的静谧乡村，充满着诗情画意的优美和清新，隐现着"桃花源"的理想色彩。蛰居平静大学校园的废名、沈从文保持着与动荡现实的疏离感，堪称现当代小说桃源叙事的开风气之先者，在他们的作品中，散发着袅袅炊烟气息的桃源不断浮现出来。

废名是相当典型的桃源叙述者，作品中常常展现俗美的牧歌式生活。宁静的修竹绿水、小桥古塔、菱荡寺庙，几个拥有健康人性和无邪心灵的人物，活动在如诗如画的桃源境界中，欣赏着，陶醉着。废名的小说《桥》在上篇渲染了自在的童年乡塾生活，在下篇烘托了逍遥超脱的田园岁月。小林、琴子和细竹在青山绿水间物我合一，小说中描写的史家庄分明就是诗意"桃源"。《桃园》那清新淡远的意境，《菱荡》里陶家庄密林、绿草、野花、白水、荡

13

岸，连着菜园，分明是一幅幅美丽的桃源图。《竹林的故事》里的
"竹林"离城市不远，城市中热闹的锣鼓声也会隐约传来，但"竹
林"如桃源般呈现全封闭自然状态，超然于世外，脱离于时间。翠
绿的篁竹深处，淑静的三姑娘和她的母亲过着静如止水的日子，没
有冲突和争斗，人与自然融为一体，人们和睦相处。这里的三姑娘
天真无邪又慷慨无私，买菜的人面对她都感觉简直是犯了罪孽似
的。

　　从原型学说来看，沈从文的"边城"和废名的"竹林"同属桃
源原型。它们不仅营造了具有东方气韵和生态意义的影像世界，还
具有反思现代化的文化价值。[1]

　　即便沈从文表明《边城》表现的是人生的形式，我们仍可以
从人性皆善、人情纯朴、自然优美的田园情调中看到牧歌式"桃
源"。《边城》中说："近水人家多在桃杏花里，春天时只须注
意，凡有桃花处必有人家，凡有人家处必可沽酒。"[2]沈从文把
古典文字的谨严素朴糅合了乡民的俚语俗谚，得自然真趣，文情并
生。他坦言受了"废名先生的影响"，"但风致稍稍不同，因为用
抒情诗的笔调写创作，是只有废名先生才能那种经济的"。[3]他特
地指出了他与废名相同之处正在于"同样去努力为仿佛我们世界以
外一个被人疏忽遗忘的世界，加以详细的注解，使人有对于那另
一世界憧憬以外的认识"[4]。一个生活过的"桃源"，充满了寂静
的美丽乡村，"不但那农村少女动人清朗的笑声，那聪明的姿态，
小小的一条河，一株孤零零的长在菜园一角的葵树，我们可以从作
品中接近，就是那略带牛粪气味与略带稻草气味的乡村空气，也是
仿佛把书拿来就可以嗅出的"[5]。他刻意摆脱了20世纪二三十年代
小说写作教条观念的局限，以湘西沅水流域为背景，描绘了富有神
秘传奇色彩的乡民生活常态。沈从文在散文代表作《湘行散记》中
写到他的"乡"，乡民的纯朴彪悍一如小说中创作的人物形象，只

是，"和陶渊明的'桃花源'有所不同的是，那里的人们，原始力实在是太旺盛了，旺盛到有点血腥味"[6]。

当然，沈从文不仅仅描写乡村社会，以都市为主题的城市小说也几乎占据他创作的一半内容。这些都市题材小说大多是通过作家自己"乡下人"的眼光来观察城市，用桃源的自然人性反衬都市人性的扭曲。《绅士的太太》《八骏图》《虎雏》等小说都是以"乡下人"的眼光透视城市中异化的人性，以及人性和自然的冲突。小说主人公都是失落了精神和品质，感到只有回归乡村，才能找寻到失落的生命和意义的人。小兵虎雏在城里打死一个人后消失，暗喻了他与城市文明格格不入，最后逃回自然的乡村。不过，那些病态的城市人并非回到乡村、回到大自然、回到桃源生活就可以摆脱宿命的悲剧。《三三》中的三三和母亲住在山弯堡子里，过着世外桃源般的生活，城里来的白面书生搅动了她们生活的沉静。书生原本希望田野的新鲜空气可以治愈自己的病，可大自然救治不了重症病患者的生命，乡村人由此对城市产生了恐慌心态。《夫妇》中的主人公也试图回归自然，以自然的生命力驱除神经衰弱症，但于无声中，步入的也是自败之路。

沈从文借"桃源梦"宣泄"乡下人"长期受压抑的情感。郁达夫借"桃源"梳理郁积的病态情绪，在《迟桂花》中借漫溢桂花香气的翁家山，在《东梓关》中借有着青山绿水的东梓关，构建令人神往的桃花源。林语堂在《京华烟云》里塑造回归人类自然本性的姚家父女形象。女儿姚木兰率真自然，舍弃繁华京城生活，携夫带子来到西湖边，过上了桃源式的村居生活。

桃源原型在世事纷乱、生活动荡的中国现代历史环境中，与身心憔悴的现代作家的那种渴盼理想境界，欲求远遁尘嚣的心理不期而遇。作家们苦心营构了一个又一个的桃花源。其中一个原因是桃源超脱世俗，另一个原因是桃源之移人性情也许还可以从"时空距离"[7]这一因素上作解释。

桃花源里面的世界与外面的世界相比，不仅空间迥异，呈现豁然开朗的境界，而且时代不一，属于"不知有汉，无论魏晋"的世界，这样的时空距离，怎不令人太息不已。

有趣的是，陶渊明在《桃花源记》中让人们重寻旧径，却"遂迷，不复得路"，令时空差异越发扑朔迷离、恍惚无常。如梦的时空感兴传递给千百年来千百万的读者，后来者凭借想象的热忱和憧憬的欲望竞相引据"桃源"意象。

循着中国文学传统上环环相扣的桃源原型的变体链，我们追问桃源意象在20世纪文学中或明朗或幽微呈现的原因。

尘世的躁动，让现代作家产生了无法抗拒的孤独感觉、厌倦心理和压抑心态。孤独、厌倦和压抑来源于外在，郁积于心灵，通过什么消解呢？桃源原型唤醒了蛰伏在他们内心的超脱世俗、回归自然的传统心理结构，在"曷不归去"的内心呼唤声中，桃源变成了他们求得安身立命的精神指向。废名、郁达夫、沈从文等现代作家都曾流露出对桃源的向往之情。郁达夫曾在风景如画的西湖边盖起"风雨茅庐"，俨然视之为"桃源洞里春"。汪曾祺、莫应丰、贾平凹、史铁生、张炜、叶弥、阎连科、格非、迟子建等当代作家，创作的作品不断呈现桃源情境。作家们梦寐以求桃源，其原因不仅仅是对现实产生内心的不确定性，从而由厌倦感生返璞归真心，我想更直接的原因应该是异化感。卡夫卡的小说《变形记》触目惊心地表现了高度发达的现代社会对人的异化，人类将变得越来越孤独，摆脱不了的孤独感，无处诉说。

人的异化是文明社会的伴生物。文明的进步和发展使人逐渐变成社会齿轮上的一个齿，被磨去棱角，变得圆滑，终日辗转，人的原有特质在转化与变形。许多人的自由在文明进步的过程中被物质欲望和道德伦理规范束缚和压制，生存价值和意义无法获得认证，就连乡村，正直朴素的人情美也被异化的力量慢慢侵蚀、消耗、磨灭。

异化问题一直困扰着作家们。来自乡村的乡土作家更加深切地体认到了都市文明对现代人的异化，开始自觉探讨对抗异化的哲学命题。沈从文笔下的都市人无论是达官贵人、旧家子弟，还是绅士淑女，无不呈现异化后的自私、虚伪、贪婪、怯懦、庸俗的扭曲形态，这也是人们所说的文明和道德的二律背反的现象。

《八骏图》的那帮教授，表面看来有知识教养，有名望尊严，但他们变态畸形的表达欲望的方式中，分明显示出了人人皆有"病"，一种近乎变态的性心理疾病，人性被异化的文明病。

"我们喝着经过漂白的自来水，吃着经过化肥催化而长成的饱满却无味的稻米，出门乘坐喷出恶臭尾气的公共汽车。我们整天无精打采、茫然无从。"[8]这是当代作家迟子建清晰地描写人被所谓真正的文明生活异化的情状。在贾平凹的笔下，公文、图章、朱色圆圈、会议、报告、检讨和拼命嘶鸣的电话构成了单位的日常形态，人与人之间的关系充满了隔膜。《废都》所叙述的就是人性的异化和欲望的膨胀。贾平凹以一头牛向往终南山，试图回到自然的方式对现代文明作终极批判。贾平凹在表现人性扭曲方面呈现经验化的特色，而张炜则更寓言化地表现工业文明夺去人的"本真"这一现象，所以他索性脱离尘世的现实，把自己交还给大自然，从野地中汲取力量，抒写一种精神"桃源"。

未经文明社会异化的人的自然本性、自然情感以及人性完满的自足自在状态就像磁石，牢牢吸引了把回归自然人性作为理想的作家。李泽厚说："渴望消除异化、实现人的自由的庄子及其后学，从他们当时所生活的社会中看不到自由，但却从对自然生命的观察上看到了他们所梦想追求的自由。"[9]

那些未蒙教化的乡村世界成为对抗文明异化的地方。废名礼赞湖北黄梅地区乡村本真状态，沈从文奏响了乡村的田园牧歌，汪曾祺铺展了桃源情调的自然纯朴生活，张炜抵制"流俗"毅然把目光返回"民间"。

进入现代文学时期，桃源意象清晰而完整地从废名和沈从文的小说中显露出来。进入当代文学时期，文学欲何为？桃花源今安在？

参考文献：

[1]金昌庆：《影像艺术中的桃源原型叙事》，《南京师范大学文学院学报》2013年9月第3期，第13页

[2]沈从文：《边城》，北京联合出版公司2017年版，第9页

[3]沈从文：《夫妇》，北京电子出版物出版中心2001年版，第35页

[4]沈从文：《论冯文炳》，见《沈从文全集》第16卷，北岳文艺出版社2002年版，第150页

[5]沈从文：《论冯文炳》，见《沈从文全集》第16卷，北岳文艺出版社2002年版，第146页

[6]范培松：《中国散文批评史》，江苏教育出版社2000年版，第122页

[7]朱寿桐：《文学与人生十五讲》，北京大学出版社2006年版，第135页

[8]迟子建：《晚风中眺望彼岸》，见《清水洗尘》，中国文联出版社2001年版，第369页

[9]李泽厚、刘纲纪：《中国美学史》（先秦两汉编），安徽文艺出版社1999年版，第234页

第二节　桃源望断何处觅

——桃源原型在当代小说中的置换变形

陶渊明的原创性"桃源"虽存在于逝去的岁月中，却内含着现实的价值。"桃源"在历经岁月之河的肆意冲刷后，在传统变体链上仍保留着其渊源，之后，它又受到了当代精神的熔铸，终于完成了当代性的转换。"原型的反复出现、不断置换变形，首先是一种不断的需要，是人在特定情境下的精神需求的特殊反映。"[1]在传统的文化精神和思维结构下，不同作家的审美思维和艺术表述有所不同，桃源叙事也呈现出不同的趋向。当代作家追随桃源原型时大多是存其旨而不泥其旨，言有尽而意无穷。

笔者考察桃源原型在当代小说中的置换变形，探讨桃源叙事的流变形态，研究带有同质化的创作特征，归纳桃花源的价值指向，挖掘其本身蕴含的文化内涵，反思文化传统以及文化传统对具体文艺作品的介入，以为透视当代小说的传统精神格局提供新的视角。

回首20世纪二三十年代乡土文学的蓬勃发展期。废名和沈从文追寻田园牧歌的情调，营构出令人悠然神往的桃花源。此后的乡土小说在政治激情的激荡下少见对桃源的钟情，即便涉及也只是把乡土风俗作为背景，将史诗和画卷相结合，作家心中的桃源已失去其可供借鉴和参照的意义。1949年以后，在思想解放的潮流下，魏晋文化精神以及桃源意象也没有杳如黄鹤，个中奥妙，值得思索。

1961年，陈翔鹤发表了以魏晋名士陶渊明为题材的历史小说名篇《陶渊明写〈挽歌〉》，作家敢于以古代隐士为主人公，烘托陶渊明的通脱和豁达，实在难能可贵。

1972年，始终保持一颗童心的丰子恺写了与20世纪70年代有点背道而驰的《暂时脱离尘世》一文，谈到喜读《桃花源记》时说："陶渊明的《桃花源记》，大家知道是虚幻的，是乌托邦，但是大家喜欢一读，就为了他能使人暂时脱离尘世。"[2]暂时脱离尘世意味着远离政治风云的翻云覆雨，"桃源"成为知识分子试图回归自然的方舟。

伴随着急剧现代化的进程、急速的社会世俗化进程，摆脱异化、回归自然适时地作为桃源的内涵，与人类心灵渴求的脉搏互动。受传统文化熏陶的桃源及其代表的与世俗相对的理想境界，成了当代作家内心的诗意情结。

"新时期，是乡土文学的复苏和深化期"[3]，乡土小说裹卷来清新田园之气。汪曾祺于1980年在《北京文学》发表《受戒》，自此他成为真正复兴了"纯粹的桃花源"[4]的当代作家。汪曾祺曾师从于沈从文，他的《受戒》《大淖记事》等清新优美的小说和沈从文笔下的"湘西世界"有异曲同工之妙。沈从文的《边城》《柏子》《龙珠》《丈夫》《萧萧》《三三》《贵生》《长河》等桃源叙事小说把正直素朴的人性美与秀丽的自然山水融为一体。汪曾祺"喜欢用'世外桃源'的编码方式来构造他的'高邮故乡'和'苏北小镇'，以此来抒发率真自然的天性和对自由放达境界的向往"[5]。在当时展现伤痕、进行深沉反思的文学背景中，汪曾祺悄悄地开辟了一方自然优美、静谧安定的桃源。

《受戒》中按理应该戒律森严的庙宇成了世外桃源的天地。早在1946年，汪曾祺就曾在上海《大公报》发表小说《庙与僧》，

"供着三世佛，有鱼鼓磬钹"[6]的一座庙。梁上悬挂着大块咸肉，小和尚早晨和黄昏含含糊糊做功课，有时因淘气要挨打，《受戒》的荸荠庵与这个庙如出一辙，好似一个桃源梦过了几十年又重温。荸荠庵里的和尚们吃水烟、打牌赌钱、逢年杀猪，娶妻纳小。明海和小英子的恋情朦胧纯洁，不受佛门清规的约束，不受世俗纲常的束缚，宛然一段清澈见底的民间恋情，一切都那么自然而然。《大淖记事》里的人们无私无欲，家里虽无隔宿之粮，但日子仍然过得逍遥自在。这里的人家婚嫁都少有明媒正娶，男女关系上只有一个标准，那便是"情愿"，你情我愿、古朴原始的爱情方式之所以实现，正是借助于桃源洞天。

汪曾祺的桃源叙事小说还原桃源意象简单的形式。"纯粹性"三字可以概括其笔下桃源的唯美、原始、宁静和质朴。此后，再难寻觅比之更扣人心弦的纯粹性桃源空间了。或许，我们还可以在贾平凹的前期小说《商州初录》中找到地域色彩浓烈、比较"纯粹"的桃源，我们还可以在迟子建的短篇小说《北国一片苍茫》《雾月牛栏》《清水洗尘》，以及中篇小说《逆行精灵》《观彗记》《北极村童话》中，寻觅到北极村和礼镇拥有的"桃源"比较"纯粹"的特点。

就在汪曾祺奏响牧歌之时，当代小说作品中出现了一部分虽不能构成"纯粹桃源"，但却真正拥有"桃源"式乌托邦情感特质的作品，不断跳跃着闪烁着，拓展了桃源作为心灵漂泊地的意象的表现范围。这些小说诸如《田园》《我的遥远的清平湾》《达紫香悄悄地开了》《抹不掉的声音》《远方的树》《黑骏马》《金牧场》《老桥》《绿夜》《南方的岸》等，多是以"知青"作为创作主体。

"知青"，作为一个影响巨大的名词，已经成为一种群体象征和文化象征，在文学界成为反响极大的文学现象体系。命运就是这么不可思议，一批又一批的知识青年热血沸腾地投入了一场下乡经历中，在20世纪60年代末曾有一场庄严的告别，10年后，又有一场急不可耐的返程之旅。

"知青作家"们在20世纪70年代后先是步入"伤痕"，卢新华的《伤痕》和叶辛的《蹉跎岁月》揭露了命运的多舛，《杨柏的"污染"》《聚会》《在小河那边》等小说对时代动荡中"知青"的精神情状进行抒写，展示了彷徨心态。伤口终归要愈合，伤痕终究会在岁月的侵蚀下淡化，时间的推移又使"伤痕文学"和"反思文学"的情绪变得沉静许多。随后，多数"知青作家"超越了"伤痕"，他们不约而同地表现出对未经污染的"乐土"的礼赞，对粗朴简单的乡村生活品格的认同。桃源原型的影响力，在火焰燃过、激情挥耗后的时代背景中愈发清晰。

"知青作家"们情感上对那段经历的生活价值持怀恋情怀和寻求姿态。由于彼时彼地理想主义的纯洁和信念的真诚，那些他们一度亲近过的穷乡僻壤和沧桑之地附着了桃源的瑰丽色泽。无法否定昨天，是因为昨天熔铸了血汗、理想和人格，是因为昨天纠结了质朴信念、真纯情怀和美妙憧憬。无法摆脱过去，是因为过去感情的沉淀和发酵。无法否定，无法摆脱，"知青作家"们就以沧桑的现实心境去回味往昔生存形态，回想田野乡村焕发的精神光芒。

史铁生1983年载于《青年文学》的《我的遥远的清平湾》诗化了粗朴简单原初的乡村生活，言说了温良恭俭让的生存情调，有着乌托邦情怀的文学描述笼罩了这个遥远的"桃源"。破老汉、留小儿这些粗俗的名字体现了审美上的圣洁，略带窘困的粗粝生活状态体现了灵魂上的尊重和悲悯，对古老民族赤诚的礼赞奏响了浑圆有力的乐曲。小说字里行间洋溢着对陕北小山村那山、那牛和那人的一往情深。插队时喂过两年牛的"我"从可爱的牛群，从韵味悠长的民歌《信天游》里，消除了内心的复杂矛盾。"吆牛声有时疲怠、凄婉；有时又欢快、诙谐，引动一片笑声。那情景几乎使我忘记自己是生活在哪个世纪，默默地想着人类遥远而漫长的历史。人类好像就是这么走过来的"[7]，农村朴素生活的诗化和理想化为多数"知青作家"不着声色地展示。张承志在作品《绿夜》和《黑骏马》中贯注了急于返回草原寻找桃源的冲动，描写了那些嵌入生命和灵魂的种种。《黑骏马》小说主人公的青春、梦想和真实的生命都留在了梦境般青绿迷蒙的故土上。蓝悠悠开满马莲花的草原上掩埋着白音宝力格的幸福童年和快乐青春，还有他和索米娅美好的爱情。张承志在《黄泥小屋》中描述主人公苏尕三携自己心爱的人远走高飞，相信能寻找到纯净的桃源，"走吧，哪怕是走上这一辈子，哪怕走到这片茫茫大山的尽头，那大山的彼岸一定会有纯净的歇息处。他俩一定能在那里搭起自己的那座黄泥小屋"。如同"北方的河"在张承志心目中是青春、生命力量的象征，黄泥小屋也具有桃源般超越性的价值内涵，是世界呈现高度秩序性外的个人力量的真实存在。如果说对"桃源"的寻求在张承志的笔下只是尚存反思的举动和信念的话，那么孔捷生《南方的岸》的主人公就是真正把"下乡地"比作了"桃源"：他从海南农场返回广州感到的只是寂寞、迷惘和孤独，对城市的极度厌倦感促使他重新回到了海南胶林，回到了留存他的青春、理想和生命信念的"桃源"。

我们注意到一个两难的命题。一方面，当代的作家们在心灵深处受到传统文化心理的支配，在对桃源的传统文化意象深刻眷恋的同时，又因眷念田园牧歌的稳态结构而心怀惆怅；另一方面，随着当代意识和都市文化的发展，当代的作家们对重现现代文化意义上的桃源又充满热切向往。"知青作家"们营构的桃源无不如此，张炜、迟子建等非"知青作家"在20世纪八九十年代营构的桃源也是如此。张炜的小说《我的田园》《九月寓言》《柏慧》充满了精神思辨，既展现生命诗意和大地的浪漫色彩，抒发对野地、乡情和原生态文化的眷念，又体现了被闹市、世俗和现代文明震荡的一面。

尽管传统桃源的纯粹性在当代建构桃源的小说中遭到了质疑，但我们仍然可以洞察到"桃源"拥有精神家园的价值理想。我们可以把桃源原型在现当代小说中被发复激活之事实作为肯綮，从正面寻求桃源的价值所在。

第一是逃避或者直接逃脱。很多作家是后工业文化的"水土不服者"，久治不愈的心灵借助于桃源的美化，实践着潜意识的逃脱。避开世事纷争和纠缠，奉身而退；摆脱喧闹都市，寻求田园乐趣，拂袖绝尘。桃源不失为作家思忖良久的解脱之道，其中包含着对现实调节的心理，消解了一部分矛盾和冲突，可以让平和心态长久地延留。我们看到汪曾祺心平气和地静观久远故乡的人事、风景，以难以尽说的诗心，逃离追逐名利的庸俗人生，这是对现代文明社会不适应和不主动迎合的一种精神逃避。

第二是向人们提供一个可供皈依的世界，来抚慰人们的心灵。纯净而恬淡的家园梦想植入安静的大地、蓬勃的草木和简朴的村庄。汪曾祺在如烟的高邮往事中，在乡村自然经济的怀旧中寻求心灵的抚慰。真正与汪曾祺一样有意秉承中国传统艺术精神，借助大自然之和谐融洽抚慰动荡心灵的还有何立伟。他的名作《白色鸟》（1984年发表）充满诗意的流动，用绚丽的色彩抒写梦幻桃源。小说以20世纪70年代为背景，描写两位少年在河边尽情嬉戏的情形。作品刻画了空旷河滩、悦耳蝉鸣、绚烂野花和雪白水鸟。作家对自然之美之纯粹进行的艺术性把握，对黄昏牧笛的边缘美的执着追求，和废名、沈从文、汪曾祺如出一辙，"雪白雪白的两只水鸟，在绿生生的水草边，轻轻梳理那晃眼耀目的羽毛。美丽，安详。而且自由自在"[8]。图景被抹上了一层简约淡雅的诗意色彩，似乎"斗争会"的锣声不会给少年们的平静心灵带来多大惊扰。我们发现，世外桃源不仅隐含着对现实世界的逃避和逃脱，还包含着对传统文化的认同，作家们以此得到抚慰的良效，求得如饮清新之酒的熨帖，求得心理的平衡。

第三是桃源的救赎功能。"救赎"一词来自西方著名社会学家韦伯。他认为："艺术接管了此世救赎的职能，而不管这一点可能作何解释。艺术所提供的救赎，使人们得以摆脱日常生活的例行事务，尤其是摆脱逐渐增加的理性和实践理性主义的压力。"[9]对"桃源"的反复吟咏，表明作家试图摆脱实践理性主义的压力，追寻生存的本质。"桃源"的救赎一方面是针对都市文明生活中一些不好现象的"救赎"，另一方面是对作家们孤独而压抑的灵魂的救赎。谈到自己最负盛名的作品《受戒》，汪曾祺说："我写《受戒》，主要想说明人是不能受压抑的，反而应当发掘人身上美的诗意的东西，肯定人的价值，我写了人性的解放。"[10]汪曾祺歌颂健康自由的生命活力，追求美好的人性。抒写人性的美好和生命的健康，是对现代文明的异化病进行的"救赎"。作家张炜所昭示的最根本的救赎之途是回归自然，从而放弃对世俗物质的欲念，可以说，在张炜看来，回归自然是实现"能够解救大地的苦难"和"能够解救人之生存的苦难"的"双重救赎的前提"。[11]

生于20世纪70年代的作家魏微提供了另一条救赎之道，用日常生活来对特殊年代的人们进行"救赎"。她的长篇小说《一个人的微湖闸》承传了源远流长的"田园牧歌"传统，古老、经典的叙事情调给人以久远的怀想。在那个小镇上，"革命年代里的种种风潮，并没有太大地影响到这个地处偏僻的水边大院"，一个不可思议的"桃源"处在变幻的政治时空中更显意味深长，体现了日常生活力量的强大。

旅居西藏多年的作家宁肯在作品《天·藏》中找到了另一条救赎之道。主人公王摩诘是一位西藏志愿人员，他初到拉萨，终日过着形而上的生活，以自身为哲学对象，思考人与存在的关系。午后，阳光强烈，村子安静，狗睡在墙脚，拖拉机像静物，王摩诘出来散步。融水季节，溪水潺潺，绕屋而行。主人公认为几乎洞悉到了人类最初创造的秘密。"不用说这是心灵之地，礼佛之地，但还有什么地方比这里更能体现人的尊严呢？"[12]王摩诘在精神向度表现本质的西藏，"在门前开有一小片菜地，自己种菜吃"[13]，这并不是说要模仿古代知识分子，或像维格和她那些自以为是的朋友嘲笑的那样：模仿陶渊明的生活。《天·藏》中有三条叙事线索：王摩诘的教书生活、王摩诘与维格的情爱、马丁格与父亲让-弗朗西斯科的哲学与宗教对话。三条线索展现出不同的精神界面与一代知识分子的心灵，关注精神生活，尤其是个人成长史和最深层的内心生活之谜，这和救赎有关。

有人选择逃脱的清虚，有人选择抚慰的平衡，有人选择救赎的艰难。恰恰因为如此，桃源，这个作为一种价值理想的非现实的美学对象，才更丰富更生动更理想化，更能弥补现实中所匮乏的美丽梦想。

参考文献：

[1]程学城：《原型批判与重释》，东方出版社1998年版，第152页

[2]丰子恺：《暂时脱离尘世》，见《丰子恺文集》（文学卷第2卷），浙江文艺出版社1992年版，第662页

[3]崔志远：《乡土文学与地缘文化——新时期乡土小说论》，中国书籍出版社1998年版，第18页

[4]汪树东：《中国现代文学中的自然精神研究》，黑龙江人民出版社2005年版，第64页

[5]罗成琰：《百年文学与传统文化》，湖南教育出版社2002年

版，第308页

[6]汪曾祺：《汪曾祺全集一》（小说卷），北京师范大学出版社1998年版，第66页

[7]史铁生：《我的遥远的清平湾》，广州出版社2001年版，第3页

[8]何立伟：《白色鸟》，《名作欣赏》1989年第1期，第112页

[9][德]韦伯著，郑乐平编译：《经济·社会·宗教——马克斯·韦伯文选》，上海社会科学院出版社1997年版，第102页

[10]汪曾祺：《作为抒情诗的散文化小说》，见《汪曾祺全集八》，北京师范大学出版社1998年版，第76页

[11]李茂民：《苦难及其救赎——张炜创作中的文化主题》，《东岳论丛》1999年5月第20卷第3期，第130页

[12]宁肯：《天·藏》，北京十月文艺出版社2013年版，第12页

[13]宁肯：《天·藏》，北京十月文艺出版社2013年版，第31页

第三节　留待他年说梦痕

——传统桃源主题意识之蜕变

从废名的《竹林的故事》到沈从文的《边城》，从汪曾祺的《大淖记事》到何立伟的《白色鸟》，从孔捷生的《南方的岸》到张炜的《九月寓言》，从莫应丰的《桃源梦》到阎连科的《受活》，从格非的《人面桃花》到陈继明的《一人一个天堂》，从魏微的《一个人的微湖闸》到叶弥的《桃花渡》，20世纪初至今的桃源叙事小说都是借助于陶渊明的桃源传统原型模式表现出来的。

现代作家热衷于桃源叙事。一方面是受到桃源的原型心理支配的影响，另一方面就是非常切实的现实原因：首先，在中国现代动荡不安的日子里，个体人格与社会实有对抗；其次，现代化的进程中自我心理欲求受到压抑，他们欲在心造的桃源胜地中为自己觅得归宿；再次，社会转型期的历史文化语境造成人心矛盾，他们在焦虑中盼望逃离。于是，他们需要一个又一个"桃花源"来熨平自己的心灵褶皱。

与20世纪二三十年代的桃源叙事小说相比，当代桃源叙事小说之不同之处在于：一方面叙事模式上冲破了传统桃源叙事模式的外壳，呈现不同的思维变体，桃源意象更抽象化，时空得到更大拓展，观念得到更大更新；另一方面在于传统的桃源主题意识蜕变甚至悖逆，表现出对桃源意象的反拨、反思和反叛。不过，当代作家建构桃源者少，解构桃源者众。

无论是建构安宁自足的桃源，还是"桃源梦"醒后解构桃源，就其桃源意象的共通处，笔者择其鲜明特征，暂分为三：

第一，作家们笔下的桃源处在国家权力控制相对薄弱的区域，具有自足性和封闭性。世外桃源远离了尘世，甚至脱离了社会并消弭了历史时间，人们较少受到现代文明染指而保留了自然的原生状态。乡民们男耕女织，温饱无虞，朴实顺天，忧乐随心。汪曾祺的《大淖记事》开篇就点明大淖世界是纯朴未琢、未受世俗污染之地。"这地方的地名很奇怪，叫做大淖"，"元朝以前这地方有没有，叫做什么，就无从查考了"，大淖在城区和乡下的交界处，"坐在大淖的水边，可以听到远远地一阵一阵朦朦胧胧的市声，但是这里的一切和街里不一样。这里没有一家店铺。这里的颜色、声音、气味和街里不一样。这里的人也不一样。他们的生活，他们的风俗，他们的是非标准、伦理道德观念和街里的穿长衣念过'子曰'的人完全不同"，这里的人都"对人很和气，凡事忍让，所以这一带平常总是安安静静的，很少有吵嘴打架的事情发生"。[1] 这样的开篇是典型的桃源叙事开篇之语。

无从查考的历史由来，隔离城市隔断尘嚣，具有优美的风景和美好的人情，小锡匠十一子与巧云的行动空间就在这样天造地设的一处"世外桃源"内，人物由此更加鲜活明亮，爱情由此更加透明真纯。当代作家营构的桃源无不呈现其封闭、自足的桃源原型特征。隔绝性保持了桃源净土的相对稳定和淳朴民风，"避其世"才能找到桃源。叶弥《明月寺》中的二郎山，格非《人面桃花》中的花家舍，阎连科《受活》中的受活庄是如此，就连张炜《九月寓言》故事中的"小村"，也是"从远土移栽过来的一棵树"[2]，远离文明却枝叶繁茂地长在那里。迟子建的小说情系寒冷的高纬度北国，"北极村""白银那"分明拥有桃源的自然属性：依山傍水，如诗如画，人迹罕至，民俗独特。

第二，桃源叙事小说秉承了传统的道家精神。道家的哲学思想影响了陶渊明，亦影响了后来的中国文学。中国作家在多年的社会动荡中，在社会转型期人与人、人与社会的紧张关系中，无不倍感孤独和迷惘。在以忧患意识为重的心灵驱遣之下，他们转而冲出社会的藩篱，回到能让本性自足，能与自然和谐的桃花源境界。道家思想确立的生命感觉给人带来的心智和情怀，使"桃源"成为中国作家精神选择上的捷径。道家推出个体的绝对精神自由思想，强调"人法地，地法天，天法道，道法自然"的自然主义精神，人们在自然中返回到"性本状态"。逃离尘世、回到桃源的实质便是毅然舍弃现世的价值意义，烙上鲜明的老庄哲学自然观的印痕。在这里，无有社会文明的异化，人与人、人与世界消弭了抗争和冲突，人既有人之为人本性的自由，又有与他人之间的和睦相处。人性去掉了外在的约束和限制，摆脱了外在世界的困扰，固守自我，进入了超然物外的精神状态。

道家思想要求"坐忘"、与世无争和逆来顺受，于是迟子建在《秧歌》中描写那个爱护一片落叶和小虫子的洗衣婆，她在老伴去世、自己也一天天衰老下去的时候，认为只要能吃上水饺和醋，日子就能够过下去。能忍自安、逆来顺受的思维方式与道家的避世思想有关。《逆行精灵》中的黑衣人，为复仇而准备行凶时，被同行的客车里安详的孕妇身上无可比拟的静美所感染，杀人的勇气像潮水般退去了，这体现了道家精神对于感性冲动的限制。

以老庄为代表的道家人生哲学，可以说是典型的超脱哲学，桃源价值所在的核心也在于此。超脱人生、融释痛苦、自然无为，这样的生命之道渗透在桃源理想境界中。在偏远的田园乡村，人性完满不受社会羁束，素朴而不加任何伪饰的"自然人"，具备超然物外、忍让朴素的行为模式。作家们尤喜礼赞未经现代文明影响的自然人性，在宁静恬淡的田园生活中唯有"自然之子"可以获得精神的真正独立与自由。

第三，桃源意象呈现了自由自在的审美风格。正如陈思和阐述"民间"特点时所言："这是任何道德说教都无法规范，任何政治条律都无法约束，甚至连文明、进步、美这样一些抽象概念也无法涵盖的自由自在。"[3]桃源非庸人俗客的乐土，亦非文人墨客的园林，那是真正的自然之子的栖居地。人们向往只按自然规律去生活，享受理想化的自然之子的自由自在。

《受戒》中的明海和小英子不受任何外物干扰，心性纯净自然，在天地万物中悠然自在。在《受戒》中，就连做和尚也不过是一种营生而已，这种营生既摆脱了世俗羁绊，又具有世俗生活的快乐自由，不由令人艳羡不已。

充满智慧的张炜倾心于从乡野土地中捕捉神秘的脉动，那里有自然人自由自在的生命力，有美丽富饶土地上的勃勃生机。

叶弥《明月寺》中的罗师傅到山上30年，或是为某一样不可少的等待，或是拒绝一种辉煌。自由自在的生存状态背后隐含着不可明说的苦楚。

至于肯定和赞美原始生存形态和文化形态中自由自在天性的，比较典型的有李杭育的作品。《最后一个渔佬儿》是他的成名作，描绘葛川江边行将消失的、和谐优美的民俗民风和文化形态。仿佛天生就是个渔佬儿的福奎，把大江当作适宜他栖居的空间。只有在江里，他才能自由自在地呼吸，他的灵魂才能得到安放。《葛川江上人家》《沙灶遗风》也体现了传统文明的和谐自在。葛川江人们自由自在的生活方式和无忧无虑的生存方式恰恰是桃源的生存形态和审美风格。只是随着商品经济对传统文明的冲击和替代，渔佬福奎和画师耀鑫要成为历史上的"最后一个"，秋子也即将到城里过另一种生活了。桃源蜕变的现实情境给予我们情感冲击。

至此，我们发现，支撑桃源的是封闭安宁的净土、人性的美好以及生命的和谐自然，并且它们常常交织在一起，达到一种水乳交融的境界。不过，作家们借用文字迷恋乡村桃源，却仍然选择现世的城市栖居，人性在终极上矛盾重重，存在悖论，人无法凭借自己的力量确立一个真正和谐、自由、完美的现实桃源社会，不能放弃尘俗世界的功名利禄，让平静充盈其怀。

当代作家共同表现的这个桃源主题呈现了双向意向，回归桃源又背叛桃源，迷恋桃源又逃离桃源，皈依桃源又背离桃源。

解构桃源，变成了当代小说桃源叙事主题的焦点。解构，意味着重新审视、质疑和全面颠覆解构。之所以解构桃源，是因为作家们不无悲哀地意识到，"在强调人的自然本性的同时，也凸显了自然人性本身的贫困"[4]。生活在"桃源"的人们，其自然人性的获得、个体生存状态的回归，是以退出历史时间、丧失社会人性为代价的。莫应丰《桃源梦》中的"天外天"人家，阎连科《受活》中的受活庄人，陈继明《一人一个天堂》中的蝴蝶谷居民，概莫能外。这背后隐含了贫穷、愚昧、无知和奴性，个人的自由无法克服人性贫困伴随而来的局限。当人性在欲念膨胀时，桃源就在人性的冲突中陷入荒谬境地。

早在沈从文打造一个桃源般的"边城"之时，他就已清楚地告诉读者，"我主意不在领导读者去桃源旅行"，"我要表现的本是一种'人生的形式'，一种'优美，健康，自然，而又不悖乎人性的人生形式'"。[5]桃源作为"洞天福地"在他的心目中已有了解构的意味。

当代最具解构和批判色彩的桃源叙事小说，莫过于莫应丰的《桃源梦》。《桃源梦》是一部反思20世纪70年代的力作，此前莫应丰的《将军吟》曾获得首届"茅盾文学奖"和首届"人民文学

奖"，他把《将军吟》中的深沉思索和凝重的姿态带进了长篇小说
《桃源梦》中，使得原本应该拥有斑斓色彩、拥有人性最纯朴的
美、拥有田园抒情风格的桃源梦变得那么苍白和无力。桃源作为与
世隔绝之地，总在常人不可到达的神秘地方，如在三省交界之地。
像三省交界这样的字眼在桃源叙事中不止一次地出现，其本身就隐
含了远离政治和权力牵制的意味。贾平凹散文精华《商州初录》中
的白浪街人也是在三省交界处，人们和谐相处。刘玉堂发表在《萌
芽》的小说《福地》同样描摹了一个三县交界的"三不管"独立
"王国"，这篇小说可以说是他乡土小说创作的发轫之作。1993年
前后，他的"钓鱼台"系列乡土小说一部部出炉，不能不说这是他
一直醉心于乡土桃源梦的结果。"福地"是个桃源，主人公楚图文
在这个拥有绿的森林、清澈溪水、五颜六色野花的山谷里"开荒种
地，砍树打柴，生火做饭，休养生息"[6]，他结婚生子后，山谷
更热闹了，就连外界的声势也丝毫没有波及这块"桃源"的宁静和
富足。时代变迁，楚图文也便成了冒尖户，最终"福地"被三县划
分，"桃源"终不能存续。

莫应丰的桃源梦没有恒久，波折起伏地奏响了绝域悲歌。几户
人家的20多个人，被情势所逼来到悠远险峻又富庶的"天外天"。
深受传统文化熏染的龙居正教导大家建立起他心目中理想社会的信
仰、礼仪、道德、风俗和哲学。"天外天"自"善化"以来，确实
出现了平等、和睦、博爱和礼让的风气，不杀生、不吃肉、尊老养
残、和睦融洽。"善化之邦"老祖宗龙居正"一心为善，苦苦寻
求，想创造一个完美无缺的人间典范"[7]，他怀疑过善化的完整性
和实际的可行性，可现实情况是他仍凭借钢铁般的意志维持着善化
的纯洁性。

人性真的能够保持纯洁吗？如果物质没有达到极大富足，单凭
精神能够掩盖物质匮乏引发的欲念吗？权力欲、情欲、物欲等人性

本不可磨灭的欲望，混杂着人类不能衰微的对自由美好的向往，所有这一切就像没有完全熄灭的煤又复燃，就像没有完全枯死的野草又生发。终有一天，卫道者和叛逆者之间产生冲突，不同信仰的人变得丧失了理智。疯狂残忍的场面出现了，净土一时血流漂杵，唯一存活的三喊日日孤独地游走，夜夜都会梦到一个阳光明丽、四季皆春、人人富足、户户安逸的真正"桃源"。

桃源是封闭的，自由自在的天性其实在生活闭塞的区域内打了折扣。封闭的生活让人产生了惰性并滞步不前。由于生活范围狭窄，人们的自我意识变得模糊，缺乏真我的自我体验和自我认证。这也是解构桃源的作家急于打破桃源封闭性的原因。

叶兆言的中篇小说《桃花源记》散发浓郁的世俗气息。他渲染了旅游胜地"桃花源"的莫名其妙。一个编辑去桃花源编书，发现一个个世道浇漓的陷阱，他厌倦了桃花源的宁静，决定一刻不耽误地离开此地。现代的浮躁诱惑了那些难耐宁静的心灵。这部小说刻意远离"桃源"本色，就连其叙事语调也近乎有着黑色幽默特点，体现了作家对桃源意象的解构。

与解构不同，营构桃源的作家把道家的自然精神作为其基本的精神立场之一。人与自然万物会心相守，避免个体陷入尘俗社会中，道家的自然精神遮蔽了自然人性中的恶。作为中国传统文化重要组成部分的道家学说，其人生哲学无疑弥漫着人生的悲剧感。"道家自然精神的赤子之心与超脱原则都问题重重，循着自身的逻辑会很快走向自我瓦解的困境。"[8]向往自由是人的天性，追求物质利益是人的本能，当两者激烈冲突，逃避和逃脱的念头就露出了端倪。陈继明的《一人一个天堂》（2005年发表）叙事的背景是中国西北部最大的一片原始森林的悬崖谷底，一个没有被世人发现的世外桃源——蝴蝶谷。这里有一个独立"王国"，做过麻风院院长的杜仲和两个女人隔绝了尘世的动荡来到了这里，在这个世界里，他们享受着自由的心态，体味传统生活方式的回归。十年后重返红尘的杜仲没办法说服自己，他摆脱责任，伪装溺水而亡，独自一人又悄无声息地回到了离群索居的旧时光。

作家们的心灵情感具有相似性和相通性。当下人普遍滋生的精神无家可归的悲剧意识掣肘着思维定式：建构桃源给失衡心态以抚慰，解构桃源，然后清醒地意识到精神还乡的虚妄，进而形成不能把桃源作为精神家园的反拨意识。

桃源梦醒，作家们承受了精神上的失落和惶惑。

王朔"躲避崇高"的创作路向换来了其创作的走红火爆。20世纪80年代文学对民众的教化功能被冷落了，文学的灵魂从高处走向低谷。"桃源"的抚慰和救赎功能在20世纪90年代文学中迅速衰退，桃源原型不能像以往那样频频激活作家的心扉，最后的"桃源"也要被世事变迁的河水冲走，变成不是真正意味的"桃源"。这很容易让我们联想到陈忠实的《白鹿原》，白鹿村之所以不是桃花源，是因为现代性所包含的全部历史冲突摇撼了这个小村庄，白嘉轩所坚守的白鹿村的质朴生活被瓦解和崩裂。贾平凹的《土门》中，成义心中的桃花源——仁厚村，不是真正意义的桃花源，充其量是一个积存文化陈迹的寓言符号，在工业文明的挤压下被改造和异化。令人感到宽慰的是最后出现了一个近乎完美的"神禾塬"，作为作者心目中城乡一体文明的理想化模式代名词。

2010年，张炜历时20多年创作的450万字、10卷本的长篇小说《你在高原》由作家出版社出版，这被誉为文学大事件之一。《你在高原》融民间家族史、国家现代化史、知识分子的心灵史于一体。张炜在对现代性的批判中，在对"乡土中国"走向"市场中国"的审视中，对个体价值和精神家园进行追寻，体现出了一定的传统固守姿态和文化幽怀倾向。《你在高原》中的高原是精神和梦想的高原，田园是陶渊明式物我生命合一的桃源，野地是能够与桃源原型产生共鸣的土地，葡萄园是拥有"复得返自然"快意的桃源意象。

值得一提的是，当代作家们还有意把作品冠之以"归去来"的题目，表达对陶渊明遗风的追寻和对桃源的神往，以及对桃源异化的反思。1982年王安忆发表了一篇背景是20世纪70年代，并镌刻了现代精神印记的小说《归去来兮》。阿桑在进入富贵的岳父岳母之家后倍感失落，重新回归自己原本贫寒的家庭，返璞归真的旨趣接近高歌"归去来兮"的陶渊明。韩少功《归去来》（1985年发表）是一篇具有魔幻色彩的小说。一个已经回归城市的"知青"拥有奇特的乡村梦幻，把城市的生活与昔日乡村生活的空间距离通过想象来弥补。结局是小说主人公"当他逐渐重新被马眼镜的事迹、被乡村的真实情境所占据的时候，他惊惶失措了——他终于拒绝了重演这一段历史的光荣而仓皇出逃了"[9]。《归去来》写村人憨厚的一面，乡民让"我"用高大的澡桶洗澡，大嫂还不时地凑到跟前添加热水。"归去来"的结局是"仓皇出逃"，可见韩少功欲把穷乡僻壤的民间当作桃源的实验终未成功。等到韩少功创作《马桥词典》时，那种民间活力的激发，自由自在的生活方式又与张炜的《九月寓言》有极大相似性。

陈应松的《归去来兮》描写桃源般美丽的朗浦，"所有有生命的东西都似乎饱胀着汁液，女孩聪慧无比，风情万种。渔歌悠扬温润"[10]。当女友与他人结婚时，大哥刺伤了那人的腹部。大哥本是一个异想天开的人，但他最终深陷囹圄而不能"归来"。"归去来兮"的同名小说文本在不断解构其本意。

艾略特有句名言：一切都是传统。我们自以为在创造，实际上不过是传统的表现。"无论什么时候，只要我们遇见普遍一致和反复发生的再现模式，我们也是在与原型打交道。"[11]桃源原型在当代小说中反复再现，既反复着从远古延续到现在的心理体验，又反复着人在社会中受压抑而不断对创伤的克服。

可是，桃源究竟在哪里？桃源望断无寻处。当代作家仍然渴望重返桃源。伴随着渴望重圆桃源梦的焦虑，作家们不断把笔触伸向古老的桃源原型。借用当代诗人张枣《桃花园》诗作中的追问："哪儿我能够再找到你，惟独/不疼的园地"，点明了"桃源梦"难圆的现代焦虑："良田，美池，通向欢庆的阡陌/他们仍在往返，伴随鸟语花香/他们不在眼前。"[12]

参考文献：

[1]汪曾祺：《汪曾祺全集一》（小说卷），北京师范大学出版社1998年版，第413—416页

[2]张炜：《九月寓言》，上海文艺出版社1993年版，第29页

[3]陈思和：《中国当代文学关键词十讲》，复旦大学出版社2002年版，第139页

[4]罗成琰：《百年文学与传统文化》，湖南教育出版社2002年版，第120页

[5]沈从文：《习作选集代序》，见《沈从文全集》第9卷，北岳文艺出版社2002年版，第5页

[6]刘玉堂：《福地》，见《福地——当代百家小说精品集成》，安徽文艺出版社1998年版，第387页

[7]莫应丰：《桃源梦》，人民文学出版社1987年版，第170页

[8]汪树东：《中国现代文学中的自然精神研究》，黑龙江人民出版社2005年版，第40页

[9]南帆：《冲突的文学》，上海社会科学院出版社1992年版，第44—45页

[10]陈应松：《归去来兮》，《长江文艺》1995年第9期，第9页

[11]程学城：《原型批判与重释》，东方出版社1998年版，第209页

[12]樊星：《当代文学与多维文化》，武汉大学出版社2005年版，第218页

·上编·

第二章　桃源叙事之叙事特征审视

当代小说中的桃源叙事暗含了作家们浓厚的乡土情结和浓郁的回归意识。整个中国文化的基本特性使中国乡土作家心中不能割舍那份乡土情结。乡土情结不仅熔铸着他们的气质秉性，而且造就了他们的价值观和美学思维。乡土之于桃源叙事的作家，存在更多感应和默契，存在更多回归的意念。回归的真正含义是回到生存的本真状态，寻找生命和精神的本源，这十分切合作家们心灵深处的乡土情结。

无论是情结的紧密萦绕还是意识的深度贯穿，大多与作家的童年经验和童年记忆有关，于是童年视角的美学运用在文本中得到了更多呈现。几乎每一个原型都与童年的记忆相关，而桃源的原型在当代小说中的闪现根植于每位作家的童年经验。尽管时光荏苒，一眨眼几十年过去了，岁月的筛子那么轻易就将童年的一切筛得细细碎碎。可是，如梦如烟的童年记忆，如同缓释制剂，一点点从作家的笔端溶解、释放，并进一步开拓了其审美的意象。

桃源叙事文学与传统一脉相承，乌托邦不是中国的桃源，也不能笼统地把桃源视为西方文化背景下的现代性乌托邦。桃源只是一个"向后看"的中国传统乌托邦。向后看的意识活动，意味着心理学范畴的回忆，意味着审美学范畴的怀旧，都是以过去为载体，有筛选，有择取，意向性强烈的情感指向。中华民族有传统的"向后看"的习惯，所以当代桃源叙事文学秉承传统，充满了"回归"的意识。无论桃源展露地域色彩，无论桃源呈现于故土，无论桃源营构于海边、高山和荒野，还是存在于都市，我们的生活一如既往，在期待和追求中度过。桃源真实存在与否并不重要，重要的是不可轻易抹去其乌托邦的理想色彩。

第一节　回归意识的深度贯穿

桃源叙事的作家拥有浓厚的乡土情结，这点毋庸置疑。

古老的中国，长期浸染在农业文明中，走到今天，还出现了乡土中国的概念。"乡土中国"是个广义的概念，由乡土文化延及中国社会文化的本色。乡土文化融入生于斯长于斯的每个古代和现当代作家的血液中，熔铸成了乡土情结。乡土情结从远古慢慢流转到今天，没有矫情和伪饰，带着乡土气息，像旋转于秋风中的最后一片黄叶，向着土地谦卑地，满怀回归之情地落下。

整个中国文化的基本特性使中国乡土作家心中不能割舍那份乡土情结。乡土情结不仅熔铸着他们的气质秉性，而且造就了他们的价值观和美学思维。所谓情结，又是意识无法控制的心理内涵。生活在日常环境与事务中的人们，心灵经常超越现实指向更加美好完善的境界。现实是残酷的，无法在现实的世界中实现的梦想只能退缩到无意识的世界里，以情结的形式潜伏下来，给人们的思想和行为施加影响。所以，当代乡土作家们无论如何与时俱进，情结的潜移默化还是令他们不断频频回首故乡。

作家们生来耳濡目染的故乡的山水风情、世道民风，已经被深深铭刻在他们的骨髓中，置于他们心灵最柔软的深处，成为他们生命的表征和文本的镶嵌。即便是穷山恶水乡野刁民也分明带有世外桃源的风姿。这样的故乡即便远隔千里万里，却也总在笔尖与作家相近相依。例如，阎连科的小说《瑶沟的日头》写豫西的山岭和平原，写生活的贫寒和辛酸，写这块土地让他感到的"令人颤抖的温暖"[1]。

桃源，作为怀旧的思念的美学对象，在频频回首间浮现出来。沈从文说自己"实在是个乡下人"，他营造了宁静柔美的湘西"桃源"；贾平凹说自己是"农民"，他营造了积淀传统文化风俗画的商州"桃源"；阎连科说自己精神状态仍然是"农村人"，他营造了平静知足的受活庄"桃源"。

桃源叙事，以桃源原型为媒介，试图找到可以获得灵魂慰藉的场所。"原型的根源既是社会心理的，又是历史文化的，它把文学同生活联系起来，成为二者相互作用的媒介。"[2]每当生活中相应的情境出现，人意识里的集体无意识层中的原型便会被激活、释放出来。聆听着大地万物合唱长大的张炜，乡土之于他，存在更多感应和默契。待到目睹现实家园被工业文明慢慢吞噬，目睹土地被掠夺性开采和破坏性开发，目睹市声如潮般淹没了一切，张炜终究无法克制内心的沉痛和悲郁。那份沉痛悲郁使他回归大地，回归到人类与大地能够亲切而神秘耳语的记忆里，回归"内心桃源"。

张炜强调"好作家该是归来感很重的人"[3]。他清楚地看到了"文学已经进入了普遍的操作和制作状态，一会儿筐满仓盈，就是不包含一滴血泪心汁"[4]。他把怜惜和伤感化为"归来"，这里不特指绝望者的归来，不特指失意者的归来，这是满怀希望者的回归。

陶渊明千年以前就发出过如此迫切的呼喊："归去来兮，田园将芜胡不归？"身处风雨飘摇的魏晋南北朝时期，尽管对时事尚有所恨，可是他没有选择放浪形骸于山水，啸饮嗟悲于风花，而是选择了弃官归隐，躬耕田野，保有和恢复自然本性，以儒道精神关照自己营构的世界。沈从文这个不被时代裹挟的"孤独者"，要"写那种和我目前生活完全相反，然而与我过去情感又十分相近的牧歌，方可望使生命得到平衡"[5]，返璞才能归真，乡村生命形式的"湘西"与他的思维、情感和意志有复杂同构关系，成了他的回归地。与之相比较，当代作家的"回归"少有古代文人那样完全弃绝俗世浮华的"归隐"，也不多见了现代文人那样对自由美好牧歌式的、充满人情美和人性美的"纯粹桃源"的"追寻"。

商品经济时代的自然已不是原来的自然，自然已经渐渐丧失了它自为的本性和自主的存在。信息爆炸以致信息过剩的社会里的人，最容易步入迷途，在作家那里，似乎只有回归大地，用根须牢牢地抓紧泥土，才有获得救赎的可能。于是，张炜的回归更是一种如骤雨突降般急切扑向大地的回归，他对回归乡土家园的内心独白是："我想寻找一个原来，一个真实。这幼稚的想念如同一首热烈的歌谣，在那儿引诱我。"[6]"做梦都想像一棵树那样抓牢一小片泥土。我拒绝这种无根无定的生活，我想追求的不过是一个简单、真实和落定。"[7]《柏慧》《庄周的逃亡》《外省书》《能不忆蜀葵》《刺猬歌》，这些主题的最终所指其实就是回归。回到未经世俗玷污的人之本性，既是身体的回归又是心灵的回归。回到"故土"，回到"田野"，回到"葡萄园"，回归俨然成了作家们心灵和世界的调和方式。《外省书》中的史珂从京城返乡，他的回归在这个时代是特立独行的，透着向传统人文精神回归的精神向度。他住在海边木屋里，拒绝使用现代性的家具设施，他种植庄稼，观看植物摇曳的姿态，借大地的本真和纯净来洗涤心灵。《能不忆蜀葵》中的桤明在晚年回归故里，在旷野中择地而居。

回归之前，往往漫溢了撕裂灵魂的哀伤，《怀念与追记》中的"我"的灵魂不得安宁，回归自然的心愿屡屡受阻，结局是一个新生命的即将诞生让肩负责任的"我"把脚步收回。回归之后，往往转化为自足安宁的心境，《柏慧》中"我"回归故土，打造了一个桃源——葡萄园，"带月荷锄归"般的乐趣、旷远恬静的自然让心境慢慢恢复平和。享受安宁的心境莫过于《人面桃花》中秀米归来的感触，"她还是第一次正视这个纷乱而甜蜜的人世，它杂乱无章而又各得其所，给她带来深稳的安宁"[8]。她最终向着中国传统文人的生活方式回归了，并且在灾荒之年实践了一次多年未圆的"桃源梦"。

回归的真正含义是回到生存的本真状态，寻找生命和精神的本源，这十分切合作家们心灵深处的乡土情结。祖居乡村的乡村知识分子对乡土的感情是与生俱来的，就像作家阎连科说的"回归"："写作《受活》时，我的脑子里不断闪过'回归'的念头。这个回归……是小说思想的一部分。"[9]受活庄人最终又脱离了历史世界，回归桃源般的乡村，回到原本散漫、自由自在、自足自乐的生活状态中。在贾平凹的长篇小说《商州》中，主人公出生于偏僻山村，长大后留在了城市，终年的城市生活使他感到厌烦，感到生命力的枯竭。他回归故里，跋山涉水，遍游商州的村村寨寨，仿佛找到了失落已久的灵魂。无疑，贾平凹表明都市文明窒息人的灵魂，唯清新的家园能使人找回自我，找到精神桃源。

对土地有强烈情感的作家大多在农村长期生活过，对乡土的情感具有根性和先天性，建立在对"家"的情感之上。我们可以看到作家们流露在小说中的价值建构，他们率先记起的"家"，由蓝天白云和碧水清溪组成，有广阔而美丽的原野，天空中有滑过的轻盈的鸟雀翅膀。这块氤氲着诗意的乡土，栽培出根系发达的桃源"原型"。回归这个"家"，不单指现实行为，更多的是指精神的归乡。贾平凹自号"静虚村主"，有逃避城市芜杂守住"静笃"、体味乡村气息之意。他写作的"商州世界"，力赞山民们"以自然为本，里外如一"的朴素人生，在这块远离尘嚣的"桃源"上，有善良的小月、香香，纯朴的才才、天狗。阎连科在《夏日落》中描写主人公夏日落沉迷于黄河故道的落日幻境，阎连科通过一封信对黄河故道那种未受污染、没有压抑的自在自然生命境界极力讴歌，透着超越生命具体存在的精神追求的领悟。满怀对故土热爱之心的阎连科在小说中大量传送对生命感觉的联想和隐喻，这些隐含了作家的故土情结，维系着乡村生活和自然景观，折射着作家们精神返乡的意念。

"知青作家"们的乡村记忆则不同，只是一段突然插入的生活和一段花费了大把青春时间的乡村纪行。他们诗化乡土的记忆从一开始就带有想象的性质，想象更催生了记忆。怀着宗教徒般的虔诚，"知青作家"们温情地重拾旧时的记忆。追忆或实录的"知青文学"又进一步催生了"回归桃源"情绪的萌芽，孔捷生在《南方的岸》中让易杰和暮珍回归了。易杰的回归纯粹是自我意识的彻底觉醒和蔑视俗常的强烈追求，是过去当"知青"时在海南岛垦荒生活的延续。他要像"连队里那些彭德怀的老兵"一样，"用一生去殉自己的事业"。[10]易杰的回归近乎陶渊明的归隐，而海南岛就近乎陶渊明躬耕的田园。暮珍的回归是她根本就感觉在城市里生活不如意，她的灵魂还一直在最南方那片土地和林莽间。

张承志的"回归"情绪里充满了激昂，充满了想象，他一心回归大草原，回归黄土高原，寻找"金牧场"。《黑骏马》的主人公白音宝力格那么激昂地诉说对那片广袤土地和人民的无止无休的依恋，诉说对在艰窘中生活的蒙古老奶奶、索米娅的崇敬之情。现实的文明生活令他感到身心交瘁，他重归草原寻找爱人和亲人，可爱人已成为他人之妻，老奶奶也已离去了。

我们可以看到桃源叙事作家们的"回归"本不相同，有的回归是倚仗一种传统乡土情结倾吐对故土的诗性判断；有的回归是现实的挤压迫使他们回到历史中获取精神的支撑；有的回归是对自我本性的自觉和坚守。从终极意义上说这都是对乡土的固守，意味着放弃自我依恋与自我占有的欲望。回归乡土，回归心中的"桃源"，促使我们展开对人与自然、社会、自身关系的深刻反思和内省。

可是，回归的冲动和归来的徒劳又造成了极大的情绪落差，就像贾平凹在《废都》里刻画的庄之蝶，他出生在潼关乡下，在喧哗的西京城拥有文人和知识分子的角色与身份，可他割不断与乡村故土的联系，在某种程度上也造成他无法真正融入都市。无法融入都市，意欲踏上回归之途。可是，假若回归，之后又怎样呢？《高老庄》中的高子路是省城大学的教授，他在世纪末回乡祭祖之旅中发现这块黄土地的平静安谧已经荡然无存，家园已经无法安抚他漂泊无定的灵魂，他选择了永远的不归，选择了从乡村故土再一次逃离。回归到不归，一方面折射出在都市和乡村的两个空间里，乡土作家的两难处境，另一方面也折射出无法真正拥有桃源的困境。

《柏慧》中的"我"回归葡萄园，想到田园中寻找生存的洁净空气，却渐渐忧虑于这个寄托田园理想的心中桃源不能永存，一家外国大公司准备收购这片唯一清洁的土地，它也将无可避免地受到商业文化的侵袭。《外省书》中的商业开发行为毁灭了静谧的"桃源"，史珂终于惊醒于回归的失败。

我们发现，回归桃源的虚无使得作家对乡土桃源的眷恋显得过于苍白，但对这种眷恋的固执，却足可说明作家对于缥缈难寻的桃源梦境的追寻和对人类终极命运的思考。

参考文献：

[1]阎连科：《瑶沟的日头》，《中国作家》1990年第4期，第27页

[2]叶舒宪选编：《神话——原型批评》，陕西师范大学出版社1987年版，第17页

[3]张炜：《忧愤的归途》，《文艺争鸣》1993年第4期，第38页

[4]张炜：《抵抗的习惯》，《小说界》1993年第2期，第8页

[5]沈从文：《水云》，见《沈从文全集》第12卷，北岳文艺出版社2002年版，第110页

[6]张炜：《九月寓言》，上海文艺出版社1993年版，第340页

[7]张炜：《九月寓言》，上海文艺出版社1993年版，第341页

[8]格非：《人面桃花》，春风文艺出版社2004年版，第233页

[9]李陀，阎连科：《受活：超现实写作的重要尝试》，《南方文坛》2004年第2期，第26页

[10]郭小东：《中国叙事：中国知青文学》，花城出版社2005年版，第109页

第二节　童年视角的美学运用

一个作家最动人的文学书写应该与童年经验有关，一个作家最原始的写作起点应该与童年记忆有关。很多作家也许没有意识到，童年记忆是他创作生命的原动力，无时无刻不在执拗地纠缠着他的写作。

从创作根底上来说，相当多的作家写作都是源于童年或少年的记忆和往事。那些记忆和往事触动他们，催促他们，促使他们笔耕不辍，用写作的方式把丢失的记忆寻回。书写"桃源"的汪曾祺、迟子建、张炜、曹文轩对童年的描写尤其深情和美丽。

更重要的是，对童年视角的富有美学意味的运用，成了汪曾祺和迟子建的小说桃源叙事的鲜明叙事特征。

童年经验是指从儿童时期（现代心理学一般把从出生到成熟这一时期称为"儿童期"）的生活经历中所获得的体验。[1]汪曾祺的童年感受和记忆一点点聚集，酝酿升华，构成了他作品中的诗意"桃源"。谈到回忆之于小说，童年时光之于创作，汪曾祺有独到的诠释："我以为小说是回忆。必须把热腾腾的生活熟悉得像童年往事一样，生活和作者的感情都经过反复沉淀，除净火气，特别是除净感伤主义，这样才能形成小说。"[2]汪曾祺的童年回忆来自他的故乡江苏高邮，他20世纪80年代的多数作品就是对存储的童年记忆的提取和挖掘，应该说明的是这种提取不是自然形态的直接提取，而是经想象合成和净化生成。接受美学的代表人物耀斯认为回忆具有净化力量，"被现实的无可弥补的缺陷所阻滞的期待可以在过去的事件中得到实现。这时回忆的净化力量有可能在追求美的过程中弥补经验中的缺憾"[3]。

迟子建的出生地是中国黑龙江省北部的漠河县，那是个叫北极村的小村子，山清水秀，风景优美，只是一年四季中多半时间白雪皑皑。"童年围绕着我的，除了那些可爱的植物，还有亲人和动物。"[4]童年的单纯、真善是一旦失去再难重获的经验，迟子建常常沉湎于此，汲取童年印象和回忆，把它们作为创作的灵感。

由于人在童年时的心理比较幼稚、单纯，受到相应的刺激后容易形成心灵的郁积，而作家此后的人生经历会把这种郁积更加强化和深化，保持着的对童年记忆的良好表达愿望，关键时刻就会汹涌迸发。作品中的感受体悟源自童年经验，但又经过了审美过滤和思想的沉淀，否则作家便写不出生命的鲜活和自然的灵动。

格非《人面桃花》便是童年经验的汇存。乡村记忆是他记忆里最重要的部分，也是他写作时最重要的资源。"全部的童年生活，都在长江南岸的一个小村庄里度过。它是我记忆的枢纽和栖息地。"[5]格非怀念幼时江苏丹徒老家那绵绵密密的雨，他写作《人面桃花》时正在韩国的一座小城讲学，经常飘飞的雨让他沉浸于对故乡的回忆里，就在这回忆中，他完成了这部浸染着江南乡村湿润气息的小说。

童年经验对创作的影响力之巨大，张炜似乎对此表白得更多。他的童年是伴着林木和花草度过的，他总是忆及童年时那一片一片的林子和一片一片的绿色。小说中的"原野"和"葡萄园"与他童年的回忆紧密联结，他说："至今记得当时跨越的潺潺小溪，看到的树尖上那个硕大的果子，闪着亮光的三菱草的叶子和又酸又甜的桑葚的滋味……那时候给我心田留下了一片绿阴，使之不致荒芜，使之后来踏上文学之路时，能够那么脉脉含情地描绘我故乡的原野。"[6]他永远记得童年时赤脚在原野上奔跑的感受，也便有了赶鹦、刘蜜蜡等小说主人公的奔跑；他记得一棵树、一株草的绿意，无形中引发了和大自然平等对话的情感；他记得那些热恋大自然的人们，不由传递了尊重生命个体、保护美和芬芳、爱护善的心愿。

童年视角在儿童文学中集中运用。一方面作家自己和儿童进行了角色的转换，另一方面儿童的世界和成人的世界拥有迥然不同的判断尺度。儿童文学的创作，是对儿童稚嫩状态的叙写，展现了人性中最纯真无邪的一面。大多数儿童文学作家，运用童年视角，让作品呈现真正的儿童世界或者孩子们憧憬的美好世界。这些美好的"儿童世界"成了他们逃避成人世俗世界的桃源净土。2016年获得"国际安徒生奖"的曹文轩，他的很多作品都根植于童年的土壤。包含纯朴美感、生命自然状态的乡村，让曹文轩迷醉。乡村里生长的真诚、悲悯和温馨，让曹文轩热衷书写。《草房子》通过儿童的视角诠释、图解外在的世界，蕴含了儿童的生命特征和体验。

《草房子》塑造了桑桑、陆鹤、纸月、杜小康和细马等孩子的形象，孩子们在成长路上历经矛盾和挫折，实现了与自己的和解。"桑桑对谁都比以往任何时候显得更加善良。他每做一件事，哪怕是帮别人从地上捡起一块橡皮，心里都为自己而感动。"桑桑从一年级起跟随做校长的父亲桑乔，来到油麻地小学，开启了自己的小学旅程，他从一个四处搞破坏、热衷于得到他人关注的孩子，变成了以利他为中心的"五好少年"。在作家诗意的笔触下，青山绿水、人情温暖的油麻地，邻里相亲，互助守望，宛如桃源。

张炜写给少年儿童的小说《半岛哈里哈气》《少年与海》《寻

找鱼王》等，采用儿童视角。完成鸿篇巨制《你在高原》之后，张炜开辟了一个神秘玄妙的奇幻天地，写出了系列"童话"——《半岛哈里哈气》五卷书。这部2012年出版的儿童小说，写了一群野性激扬的孩子，有美少年、唱歌天才、长跑神童和调皮大王。孩子们带着"哈里哈气的东西"，终日嬉笑打闹，把天真当成了最勇敢的武器。作品以孩子的口吻重拾了成年人失落的激情和幻梦。《少年与海》中三个海边少年自说自话，把遭遇的蹊跷事儿和盘托出，童话接近于"童言无忌"。作品中野性的世界比文明的人类社会更多情，更有趣，更值得信赖，外号"见风倒"的馋货会和形貌怪异的"小爱物"两情相悦，看似可怕的"老妖婆"却是慈悲心肠，不知是人是怪的老狍子总是神秘莫测，不甘为奴的兔子会和狼族决一死战，小猪和小猫也能产生跨越族类的情感。

几乎每一个原型都与童年的记忆相关，而桃源的原型在现当代小说中的闪现根植于每位作家的童年经验。尽管时光荏苒，一眨眼几十年过去了，岁月的筛子那么轻易就将童年的一切筛得细细碎碎，可是，如梦如烟的童年记忆，如同缓释制剂，一点点从作家的笔端溶解、释放，并进一步开拓了其审美的意象。冰心曾说："提到童年，总使人有些向往，不论童年生活是快乐，是悲哀，人们总觉得都是生命中最深刻的一段；有许多印象，许多习惯，深固的刻画在他的人格及气质上，而影响他的一生。"[7]这段话恐怕是对作家们童年视角创作的最好诠释。

其实，作家采用童年视角本身是时间和情感上的"回归"，这种回归的基础就是童年经验和此后的生活经历。

汪曾祺出生在一个有湖泊、有河道、有船家、有城墙、有小巷、有道观、有麦田的苏北水乡，家道殷实的他在成年后的经历却动荡波折，他急于逃离那个让他心惊胆战的现实世界，回归那种冲淡、平和、非功利的生活方式，这种回忆中的世界"给现实中疲于谋生，因精神和物质而困扰的痛苦不堪者，提供了一个观念中的崭新的现实、休憩的桃花源"[8]。迟子建追忆童年的白雪、土地、森林、河流、野花和小动物，而现实情景是"房屋越建越稠密，青色的水泥马路在地球上像一群毒蛇一样四处游走，使许多林地的绿色永远窒息于他们身下"[9]。迟子建对此提出了质疑。她所采用的是借助儿童的视角排解世俗生活的压力，抵抗文明异化的侵袭。

汪曾祺的骨子里带有传统士大夫的仁爱之心和超脱精神，他丝毫没有迟子建的反叛姿态。他的小说就像绕开了青石的小溪水，绕开了所有的磨难和阻隔，他在写作中有意剔去"畸形怪状的苦难之状"，剔去"对人生的灵魂的直接的、无情无意的拷问"，[10]用儿童那纯净澄明的眼光去阅读人世，从而进入恍然彻悟的境界，这种艺术修养，恰是中国士大夫文化的精华所在。

《异秉》《受戒》《大淖记事》《晚饭花》《昙花、鹤和鬼火》《黄油烙饼》《鸡鸭名家》《小学同学》和《职业》等小说都采用了儿童视角，充满了生活的诗情画意。借助儿童的感知和视域，重新阐释世界，此时纯真童心已经转化为作家汪曾祺审视世界的独到方式。《受戒》的童趣盎然让我们倍感温馨和快乐。小英子去采那红紫红紫的荸荠，"她自己爱干这生活，还拉了明子一起去。她老是故意用自己的光脚去踩明子的脚"，明海看着她留在柔软田埂上的脚印，"这一串美丽的脚印把小和尚的心搞乱了"。[11]没有任何世故和虚伪的爱发生在自然和谐的淳美意境里，小英子的家像一个小岛，三面都是河，岛上的大桑树结白的紫的桑葚，菜园子里瓜豆蔬菜四时不断，院落里鸡鸭成群，"房檐下一边种着一棵石榴树，一边种着一棵栀子花，都齐房檐高了。夏天开了花，一红一白，好看得很。栀子花香得冲鼻子。顺风的时候，在荸荠庵都闻得见"[12]。如此一个值得终身寻觅的美妙之地，如此几个展露生命本色的平凡朴实、清秀童稚的少年，自然和生命个体在真与美中交相融合。借助儿童视角的叙事，汪曾祺所开拓出的清新又自然，民情和人性相融合，依傍道家自然精神的桃源世界更温和，更宁静，更诗意化。

儿童视角指的是小说借助于儿童的眼光或口吻来讲述故事。小说的叙述者把自己放在儿童的位置或者状态，以儿童的眼睛来观察世界，以儿童的心理和处境作为表现中心。童年视角的运用，使作品呈现独特的美学效果，带来独特新鲜的语言，展示超乎寻常的叙述个性。童年视角的运用，使小说具有鲜明的儿童思维的特征，如同把世界经过净化提升从而得到了纯净和淳美。

"假如没有真纯，就没有童年。假如没有童年，就不会有成熟丰满的今天。这是发生在十多年前、发生在七八岁柳芽般年龄的一个真实的故事。"[13]《北极村童话》开篇即这样写道。七岁女孩"我"被家人带到一个偏僻的北方山村——北极村，"我"开始了在姥姥家里观赏大自然，尽情玩耍，与"老苏联"奶奶交朋友，听邋遢的"猴姥"讲故事的日子。迟子建倾注了全部情思，追忆她的童年时光。《北极村童话》可以说具有美学的生成意义，是她后来一系列小说创作的生长点。"迟子建是那么钟情于童年视角，在迄今发表的所有作品中，对于童年生活的回忆和遐想的该有半数以上。"[14]《雾月牛栏》中的宝坠，《疯人院的小磨盘》中的"小磨盘"，《花瓣饭》中的"姐弟"，这些儿童的视角使作品内蕴更清新和清晰。童年所领略的风景进入小说，雪花、河水、晚霞、晨雾、日全食，洋溢着激情，似乎比人物更有神采。童年那些相依相伴的小动物进入小说，《北极村童话》中那条名叫"傻子"的狗，《雾月牛栏》中初次见到阳光而缩着身子走路的牛，《鸭如花》中在水中优游的看上去像朵朵绽放的莲花的小鸭子。与小动物的情缘常常让迟子建不由自主地把笔触落到它们身上，流露出童趣，就连对阳光的形容也是"阳光依然那般好，好像山兔子的绒毛，让人感到柔和又温暖"[15]。而风儿"湿润润的，犹如小花猫那可爱的舌头"[16]。至于列车，"疾驰的特快列车像脱缰的野马，不紧不慢的直快列车像灵巧的羊在野地中漫步，而她常乘坐的慢车，就像吃足了草的牛在安闲地游走"[17]。

迟子建在2015年出版的《群山之巅》，出现了"众多极富生命力的动物意象"[18]。猎犬、鄂伦春马、金毛松鼠奔跑活跃在雪域北疆的边地民间，体现了鄂伦春地区原始的生命气息。动物演绎传奇，野狼入刑场，以报恩的方式出现，表达了救赎的意思。白马和性情豪迈、吃苦耐劳的绣娘一样，心灵干净纯粹。

迟子建说："我对文学和人生的思考，与我的故乡，与我的童年，与我所热爱的大自然是紧密相连的。对这些所知所识的事物的认识，有的时候是忧伤的，有的时候则是快乐的。我希望能够从一些简单的事物中看出深刻来，同时又能够把一些貌似深刻的事物给看破，这样的话，无论是生活还是文学，我都能够保持一股率真之气、自由之气。"[19]不过，她即便做出了挽留童年美好事物的努力，可是她营构的"桃源"也不像汪曾祺营构的"桃源"那样纯粹化。她的小说写到了人生的忧伤、缺憾与心酸，《雾月牛栏》中继父的过失与宝坠的弱智，《逆行精灵》中豁唇被遗弃，《白银那》中卡佳丧命于熊掌之下，《日落碗窑》中王张罗孩子的夭折，《群山之巅》中安小仙被强暴，告别神性。迟子建始终以谦卑的目光注目这片黑土地，一方面温情地思念童年时光和桃源般的家园，另一方面又不忽略不漠视人生的残缺和生活的阴影。

"儿童期的每一种基本冲突都以某种形式继续存活在成人心

中。"[20]迟子建童年时目睹了许多荒寒和无助，就像张炜童年记忆中也有躲避、迁移和受伤害的心理痕迹。张炜甚至会把自己心爱的家犬被强行处死的童年记忆多次呈现于小说中，无论是在《秋天的愤怒》《怀念与追记》《柏慧》《家族》《丑行或浪漫》，还是在《刺猬歌》等作品中均写到了心爱的狗被杀戮或被杀烩的惨痛心情。阎连科心中留存有他全部童年时光的苦难记忆，因此，他在解构桃源的《受活》里便有了更多的悲怆和残酷。

童年编织的回忆和经验就这样一缕缕被抽取，续织成现在进行时的成年人的文学叙述。汪曾祺和迟子建小说中的童年往事都是在成年叙事者的追忆过程中呈现的，这就使他们的儿童视角被归类为回溯性叙事的儿童视角。童年诗性记忆的丰盈正好填补现实生活的缺失，故而"桃源梦"就深深地蕴含了对原初生命景观的感怀与挽留。

参考文献：

[1]童庆炳：《文学审美特征论》，华中师范大学出版社2000年版，第216页

[2]汪曾祺：《桥边小说三篇（后记）》，见《汪曾祺全集三》（散文卷），北京师范大学出版社1998年版，第461页

[3][德]汉斯·罗伯特·耀斯著，顾建光、顾静宇、张乐天译：《审美经验与文学解释学》，上海译文出版社1997年版，第11页

[4]迟子建：《自序》，见《雾月牛栏》，华文出版社2002年版，第2页

[5]格非：《弁言》，见《山河入梦》，上海文艺出版社2012年版，第2页

[6]张炜：《童年三忆》，见孔范今、施战军主编《张炜研究资料》，山东文艺出版社2006年版，第33页

[7]冰心：《我的童年》，见《冰心儿童文学全集》（上），中国少年儿童出版社2000年版，第157页

[8]肖莉：《回忆和氛围：汪曾祺小说文体的诗意建构》，《福建师范大学学报》2006年第2期，第66页

[9]迟子建：《晚风中眺望彼岸》，见《清水洗尘》，中国文联出版社2001年版，第369页

[10]孙郁：《汪曾祺的魅力》，《当代作家评论》1990年第6期，第65页

[11]汪曾祺：《受戒》，见《汪曾祺全集一》（小说卷），北京师范大学出版社1998年版，第336-337页

[12]汪曾祺：《受戒》，见《汪曾祺全集一》（小说卷），北京师范大学出版社1998年版，第332页

[13]迟子建：《北极村童话》，见《格里格海的细雨黄昏》，江苏文艺出版社2003年版，第1页

[14]方守金：《童年视角与情调模式——论迟子建小说的叙事特征》，《深圳信息职业技术学院学报》2001年第1期，第66页

[15]迟子建：《没有夏天了》，见《雾月牛栏》，华文出版社2002年版，第74页

[16]迟子建：《没有夏天了》，见《雾月牛栏》，华文出版社2002年版，第82页

[17]迟子建：《踏着月光的行板》，北京十月文艺出版社2004年版，第75页

[18]张楠：《浅析〈群山之巅〉中的动物意象》，《速读旬刊》2017年第5期，第258页

[19]迟子建：《自序》，见《雾月牛栏》，华文出版社2002年版，第6页

[20][美]埃里克·H.埃里克森著，孙名之译：《同一性：青少年与危机》，浙江教育出版社1998年版，第69页

第三节　中国传统乌托邦琐议

　　桃花源是朦胧飘忽的世界，令人悠然神往。它的魅力源于它是理想的梦幻世界，伴随着永远不被人踏访的神秘。那个古时的"武陵渔人"失其路径，桃花源遂成迷津。桃源原型在当代小说中仍然不可避免地投射出神秘和缥缈色彩。莫应丰笔下的"善化之邦"、刘玉堂的"福地"、格非的"花家舍"、叶弥的"明月寺"、阎连科的"受活庄"、陈继明的"蝴蝶谷"，这些地方无不是"化外之境"和"方外天地"，与世隔绝的空间性，其不复存在或者终难再寻的特点暗示了桃源本来子虚乌有。

　　"虚无之乡"或者"乌有之地"在英国空想主义者托马斯·莫尔的笔下就是"乌托邦"。"乌托邦"后来成为世界文学中一个重要的母题。自近代外国文艺思潮涌入中国以来，中国文学视野中关于"乌托邦"的言说就从不寂寞。当代文学甚至多用乌托邦文学取代桃花源叙事文学，把营构又解构桃源的小说评之为"反乌托邦的乌托邦小说"，譬如格非的长篇小说《人面桃花》和阎连科的长篇小说《受活》均获得如此评论。[1]

　　桃源是西方的乌托邦，抑或乌托邦是中国的桃源？乌托邦不是中国的桃源，也不能笼统地把桃源视为西方的乌托邦。尽管西方早期乌托邦作品的特征也具有与世隔绝的空间性，托马斯·莫尔小说《乌托邦》的乌托邦岛与世界相隔离，因附近暗礁密布，外国船只很难驶入其中，但是，西方的乌托邦更超越现实情景，带有更理想化的色彩，是关于未来的，一个乌有的完美社会的设想。乌托邦岛"全岛共分布了54座巍峨壮美的城市，城市的公民拥有共同的语言、习俗及律法"[2]，从描述中我们可以看出，西方"乌托邦"的形象是和城市形象联结在一起的。尽管它也是一个孤立的、封闭空间的系统，但这个关于理想小城市的乌托邦想象投射到了未来，以至于莫尔在他的小说结尾处表明这是"不现实"的，带有更多空幻性。

乌托邦在西方现代社会中渐渐演变为一个时间化的概念，内容也从古代静态秩序渐渐转变为新世纪的物质世界。美国神学家保罗·蒂里希把"乌托邦"索性区分为"向前看的"和"向后看的"[3]两种，西方现代性的乌托邦就呈现出向着未来指向的直线性运动，体现进步和发展，是通过合理手段可以实现的人类社会。

桃源不是西方现代性的乌托邦，只是一个"向后看"的中国传统的乌托邦。向后看的意识活动，意味着心理学范畴的回忆，意味着审美学范畴的怀旧，都以过去为载体，有筛选，有择取，有意向性强烈的情感指向。中华民族有传统的"向后看"的习惯，所以当代桃源叙事文学秉承传统，充满了"回归"的意识。尤其是身处社会转型期的一些人，备受精神失落的折磨，就更易沉湎于对过去的虚幻迷恋中。

阎连科极力描述受活人"返回"想过"散日子"的梦想，张炜在《九月寓言》题记中即写道："老年人的叙说，既细腻又动听……"[4]这分明点出在这个九月里，在收获季节里的寓言是回眸的和怀旧的故事，是"向后看"才能寻到踪影的故事。

桃源借助于回眸生成，隐含在过去式中，和怀旧的情绪掺杂在一起，同时融合了道家的乐天知足。西方的现代"乌托邦"与快乐而又不存在的未来城市联系着，是前瞻的；而中国的桃源，则属于那些古老传统的自由自在的乡村，是回眸的。

中国传统的乌托邦由此取消了时间性的指向，其实，乌托邦的形态可以被描述为"空间形态的乌托邦"[5]，真正的历史被排除了。犹如作家在文本中设定的坐标，以空间为经，时间为纬，桃源叙事的小说突出了"桃源"的空间位置，却有意把时间之维抽空了。

桃源在历史之河的溯洄中悬空。张炜《九月寓言》的"小村"有意避开历史时间，唯有"忆苦"等事件才算是历史在这个几乎与世隔绝的小村中的一丝投影。格非在《人面桃花》里故意打破外在时间，阎连科在《受活》中必须涉及时间标记的地方一概有意使用阴历，他们混淆时空，让历史背景更模糊以致淡化。取消了时间性的指向，桃源叙事更侧重空间的概念。"小村""普济""花家舍""受活庄"的空间存在清晰且富有地域色彩。

浓重的地域色彩几乎成了当代"桃花源"的首要标志。汪曾祺之于苏北小镇，张炜之于胶东半岛，迟子建之于苍茫北国，叶弥之于江南小镇，格非之于江南乡村，阎连科之于耙耧山区，这些地域色彩的呈现都十分明显。可是为什么桃源叙事文本中的时间模糊不清，有的甚至彻底瓦解了现代性的时间观念呢？

一方面因为桃花源处于自然时间，"自然"是隔离历史时间的篱笆。

中国艺术家和西方的艺术家欣赏自然有一个重要的不同点。中国人对待自然是用乐天知足的态度，把自己放在自然里面，觉得彼此尚能默契相安，所以引以为快。陶潜的"众鸟欣有托，吾亦爱吾庐""平畴交远风，良苗亦怀新"诸句最能代表这种态度。[6]西方的艺术家把神秘性置于自然面前，他们更擅长模仿自然而不是融入神秘的自然中。桃花源的人居于"心与自然相契，人与天地合德"的自然世界，陶渊明的《饮酒二十首·之五》中有两句诗"此中有真意，欲辨已忘言"，这个"真"其实就是有菊，有山，有黄昏的霞光，有呼朋唤侣结伴而归的飞鸟的生命感觉，"真"自在地显现的是道家哲学意义上的"极难言说和理析的那个生生不息、机趣盎然的生命本然"[7]。汪曾祺笔下的自然世界就可视为诗性文化传统的美学乌托邦，人们处于道家审美主义关照下，表现了无忧无虑、无知无情、顺应自然的生命本然状态。

另一方面桃源具有归隐的主观愿望，西方现代性的乌托邦则不同。西方现代性乌托邦的理念基本上就是指向未来的，不断否定和超越现存，不断指向未来的维度，不像中国传统的古典的乌托邦，用心灵的寄托来超越不完美的现实，所以西方现代性的乌托邦没有隐逸冲动，没有桃源般离奇的与历史时代的隔阂。西方社会真正的隐逸不在于乌托邦，而是在于宗教精神。这点周作人看得很清楚，他极力强调中国的隐逸和西方的隐逸不同。他指出"中国的隐逸却是政治的，他们在山林或在城市一样的消极的度世"，而"外国的隐逸多是宗教的，在大漠或深山里积极的修他的胜业"。[8]当代学者刘小枫也提到过中国隐逸诗人是"躬耕淡泊、饮酒采菊"，而西方的却是"为寻求世界从丧失爱和神性的黑夜回向神性和爱的光照的冒险"。[9]

桃源真的能够从历史时间中抽身而出吗？刘小枫清楚地意识到："道家的审美精神意味着退出恶的历史时间，返回到原初时间，但人难道不是在历史时间中才能成为人（而非石头）？人不可能退出历史时间，因而也不可能避免恶。"[10]然后，悲剧就不可避免了。悲剧这个词，源自戏剧，既然是戏剧，就要讲求矛盾的激烈冲突，诸般矛盾中，唯有人性最复杂。悲剧中最大的悲剧莫过于人被自己的人性所击败和毁灭，这是真正的洒泪长痛处。故此因人性而毁灭的悲剧在所有悲剧中最为伟大。在莎士比亚的"四大悲剧"里，人性的阴暗激化了自身的毁灭，麦克白毁于贪婪，李尔王毁于虚荣，奥赛罗毁于多疑，哈姆雷特毁于仇恨。解构桃花源的作品不可避免地涉及人性悲剧，热衷于权力而又被权力之争所裂变，抵制不住现代文明的诱惑而又被现代文明格式化，压抑不住财富欲望而又被贪欲所攫取和吞噬。《人面桃花》唯一现实层面上的"天台桃源"花家舍变成了阴森可怖的火拼厮杀之地，"桃源"被小驴子一心当上总揽把的权欲所毁灭；"花家舍"的女主人秀米之子谭功达在格非"江南三部曲"之二《山河入梦》中，成为梅城县县长，他建设社会主义新农村的梦想混杂了桃花源的理想。"他来到花家舍，已近一年。他看到一切都是好的，有着最合理最完善的制度，人人丰衣足食。可即使在这样一个地方，竟然还会有人选择自杀！"[11]谭功达预感到自己所看到的花家舍，也许不过是一个皮毛，小说寓言般地呈现了个体在时代剧变中的曲折命运。《受活》中的受活庄人遭到劫掠和侮辱，"桃源"因物质欲求和强权摆布而毁灭。悲剧是桃源向历史时间穿越时奏响的哀歌。

中国传统和当代文化现实不能生成指向未来的乌托邦，乌托邦的精神冲动就这样被反乌托邦的因素侵蚀。

"乌托邦是内在于人的生存结构中的追求理想、完满、自由境界的精神冲动，而这种精神冲动正是人的存在的重要维度。简言之，乌托邦是对存在的研究与揭示。这样来看，乌托邦就主要不是指一种实体性的存在，而毋宁是一种价值指向的目标。"[12]从这样的论述中我们也可以解释为什么营构桃源的思想发展到当代，作家们却创作了大量解构桃源的文本，也可以解释解构桃源的小说为什么会被冠以"反乌托邦的乌托邦小说"。人有其局限性，而现实又无法令其满意，于是，人们开始寻找逃脱、宽慰和救赎之所，秉持追求理想、完满、自由境界的精神冲动，一种乌托邦的内在的精神冲动。这种追求使得桃源原型在无意识状态下现身，作家与现实之间拉开了距离。可是，人性自身的弱点，加之现实社会和历史文化思潮等"外在"语境的发展演变，又推动作家写出与营构相反的反题——解构。

解构本是文学评论的术语，指找出文本中自我逻辑矛盾或自我拆解因素。解构桃源指发现其矛盾错综复杂的一面，从而摧毁传统意义上的建构，改变传统对桃源的认知方式。解构的前途还是重建，重新建构最理想的桃源空间。

可是，作家们还能回归到那个中国乡土式的自给自足的农耕社会、与世隔绝的桃花源世界吗？

评论者吴晓东一针见血地指出："其实面临的是当代文化理想和社会理想的缺席状态，不得不回到传统乡土文化的乌托邦去寻找理想生存方式和形态，这种向后的追溯恰恰反映了中国当代文化的自我创造力和更新力的薄弱。中国小说缺乏的往往是历史观的图景，作者们大多是思辨的矮子，无力赋予历史以一种哪怕是观念意义上的远景。"[13]

也许，中国传统的乌托邦——桃花源，真的还在什么地方存在着，但这还需要作家们能够"在文学想像中提供理念创新以及历史反思的能力，提供一种远景叙事的预见力"[14]。无论桃花源呈现于故土，无论桃花源营构于海边、高山和荒野，还是就存在于都市，我们的生活一如既往，在期待和追求中度过，桃花源真实存在与否并不重要，重要的是不要轻易抹去其乌托邦的理想色彩。保罗·蒂里希在《乌托邦的政治意义》一文中指出："要成为人，就意味着要有乌托邦，因为乌托邦植根于人的存在本身。"[15]就像王蒙短篇小说《寻湖》里的那对老夫妇，不甘于安逸舒适生活，执意寻找那个他们向往已久的永远不出现的大湖。人不能没有希望和理想，所以世界上就少不了那个具备中国传统乌托邦色彩的"桃花源"。

参考文献:

[1]格非的长篇小说《人面桃花》被评之为"反乌托邦的乌托邦小说",参考王中忱:《爱憎"花家舍"——初读格非的〈人面桃花〉》,见白烨主编《文学新书评(2004—2005)》,社会科学文献出版社2005年版,第73页;阎连科的长篇小说《受活》获得如此评论,参考王鸿生:《反乌托邦的乌托邦叙事——读〈受活〉》,《当代作家评论》2004年第2期,第91页

[2][英]托马斯·莫尔著,吴磊编译:《乌托邦》,人民日报出版社2005年版,第37页

[3][美]保罗·蒂里希著,徐钧尧译:《政治期望》,四川人民出版社1989年版,第171页

[4]张炜:《九月寓言》,上海文艺出版社1993年版,第1页

[5][美]大卫·哈维著,胡大平译:《希望的空间》,南京大学出版社2006年版,第156页

[6]朱光潜著:《文艺心理学》,安徽教育出版社2006年版,第118页

[7]刘小枫:《拯救与逍遥》,上海三联书店2001年版,第185页

[8]周作人:《重刊〈袁中郎集〉序》,见张明高、范桥编《周作人散文》(第二集),中国广播电视出版社1992年版,第299页

[9]刘小枫:《拯救与逍遥》,上海人民出版社1988年版,第250页

[10]刘小枫:《拯救与逍遥》,上海三联书店2001年版,第199页

[11]格非:《山河入梦》,上海文艺出版社2012年版,第357页

[12]姚建斌:《乌托邦小说:作为研究存在的艺术》,《北京师范大学学报》2003年第2期,第107页

[13]吴晓东:《中国文学中的乡土乌托邦及其幻灭》,《北京大

学学报》（哲学社会科学版）2006年第1期，第80页

[14]吴晓东：《中国文学中的乡土乌托邦及其幻灭》，《北京大学学报》（哲学社会科学版）2006年第1期，第81页

[15][美]保罗·蒂里希著，徐钧尧译：《政治期望》，四川人民出版社1989年版，第214页

下 编

第三章　张炜的"内心桃源"

在张炜的内心世界，存在着一个"桃源"。

这个桃源是张炜复活了童年记忆和经验的桃源，是他融合了陶渊明式的物我生命一体精神的桃源，是他把"自然"作为一个核心语码的桃源，是他以沉稳的姿态坚守的道德理想的桃源。

这个桃源，就是张炜在《我的田园》《九月寓言》《追忆与怀念》《家族》《柏慧》《外省书》《能不忆蜀葵》《刺猬歌》《你在高原》等小说中一再提到的关键词："野地""葡萄园""芦清河""海边""田园"，这些不是实体的存在，而是理想化的"桃源"，是心灵得以安顿的栖息地。

张炜在他的《远河远山》中告诉读者："经常写作，这才是一个人最健康的活法。"[1]他把写作当成了最有益最心仪的活法，那些神奇的字眼是从他的内心流泻出来的。命运注定了张炜的一生都要寄托于书写，书写的心理支撑点又游离于社会之外，停驻在灵魂最高处的那个桃源原型上。

也许，每一个作家都会有属于自己内心的"桃源"，那个你在现实生活中根本发现不了、涉足不了的"桃源"。大多数的桃源因为被更多世俗的东西牵掣而异化，也就根本不可能被用纯粹的"桃源"来一一概括。

张炜的"桃源"仿佛是他自己纯凭感觉执意所为的桃源。翻江倒海的感觉收集、聚拢，如骨鲠在喉，激发所有言说的热情，不由得人一吐为快。张炜说："人生不能逃避，不能做个胆小鬼，所以要学会面对自己，学会记录和注视自己的内心。"[2]所以，他不仅仅偏执于苦难，而且还以梦游般的文字，书写"桃源"，那个更内心化，更理想化，在那遥远虚无的不可企及的地方的"桃源"。

参考文献：

[1]张炜：《远河远山》，时代文艺出版社2005年版，封面页

[2]张炜：《远河远山》，时代文艺出版社2005年版，封面页

下编

第一节　诗意熔铸的"九月小村"

《九月寓言》是对大地和原野的礼赞，是把一个封闭性小村视作"心中桃源"的杰作。张炜本人也认为他自己的其他任何作品都不能在和他生命的本质连接方面取代这部小说，即便以后他可能写出在规模上、气度上和打动人心的程度上更重要的作品。《九月寓言》的小村社会，"不过是以其文学乌托邦的魅力，激发我们在一个变化多端的大时代里更坚定地站稳脚跟，防止时间进化的飓风把我们吹到远离大地的空虚之域"[1]。

正如所有桃源叙事的小说，当故事本身上升成为人类集体无意识下的桃源原型时，特定历史背景就被淡化，特定意识形态内涵就被消解，时间因素就被抽离。《九月寓言》取消了时间性的指向。如果把"九月"作为一个清楚的时间标识，那么小说中的九月似乎是凝滞不动的，你根本不能发觉时间的流动痕迹，"这是一部由无数的秋天九月反反复复地重复涌现出来的小说"[2]。除了冬闲雪夜的忆苦，小村的故事和生活景象都是在"九月"反反复复地呈现。因为"九月"是收获的喜庆日子，是"庄稼人张大嘴巴吃东西的好日子"[3]，九月是与地瓜成熟紧密相连的时段，"九月"的永续就保持了最长久的无比欢欣的收获喜悦。

张炜说："我远投野地的时间选在了九月，一个五谷丰登的季节。这时候的田野上满是结果。由于丰收和富足，万千生灵都流露出压抑不住的欢喜，个个与人为善。浓绿的植物、没有衰败的花、黑土黄沙，无一不是新鲜真切。呆在它们中间，被侵犯和伤害的忧虑空前减弱，心头泛起的只是依赖和宠幸。"[4]"被侵犯和伤害"的感觉也许源自《古船》的那股恶势力的逼迫和压抑，也许源自现实自然界正被工业和商业蚕食和鲸吞的事实。只有走向野地，融入大地，在与民间亲和以及万物融合的过程中，才能获得"依赖和宠幸"。

皈依自然，从而减缓时间的推移感。依赖土地，从而使人的生存苦难得到救赎。小村人无忧无虑地生活在九月的大地上，对养育他们的土地产生了无怨无艾的依赖。在这里，人不是征服者，而是依恋者。人与大地浑然一体，生命和自然互相依存。大地哺育了万物，人依靠万物而生存，遵循四时生长收藏规律而成长，人从大地那里寻找到的是生命的依托。

时间之维的抽空，其实更突出了"小村"的空间位置。小村就是张炜意念中的故地，故地比邻野地边缘，"故地在我看来真是妙迹处处"[5]，"世上究竟有哪里可以与此地比拟？这里处于大地的中央。这里与母亲心理上的距离最近"[6]。张炜营造了大地和母性的精神桃源。桃源叙事小说秉承的是道家传统自然精神，道家回归自然的人生理想和张炜的价值取向正好合拍。《九月寓言》对生命本身，对生命和自然的关系作了诗意的描绘："谁见过这样一片荒野？疯长的茅草葛藤绞扭在灌木棵上，风一吹，落地日头一烤，像燃起腾腾地火。满泊野物吱吱叫唤，青生生的浆果气味刺鼻。兔子、草獾、刺猬、鼹鼠……刷刷刷奔来奔去。"[7]野地里的万物以自己的本真形态存在着，它们在自然界中尽情绽放自身的自然之美和存在之美。小村人没有被工业文明社会异化，他们领受土地的恩泽，把野地作为身心愉悦的栖息地。

小村人本没有"根"，他们就像蒲公英一样携带种子飘悠悠落下了，叶落归"根"的那片土地就是承载小村的基础，"要知道土人离土不活，野地人离了庄稼棵子就昏头晕脑"[8]。"土"成了小村人的信念和支柱，肥正是以自己是土人为由拒绝了工区子弟挺芳的爱恋："我是小村人，也是一个土人，生下来就要土里刨食。"[9] 小村人对土地是厚爱的，土地更是无私的，它的馈赠维系着这帮村人的生命。

"地瓜"是连接人与大地的纽带，是该小说的中心意象。地瓜并不是平原上唯一的食物，但张炜极力夸大地瓜作为食物的奇妙作用，其一是因为"彤红的地瓜从土里刨出来，搁在土埂上，像火焰一样"[10]，火红的外表是它生命活力的表征；其二是因为地瓜深埋在土中，地瓜的热力化作人的血肉生命，维系着大地和人的血脉关系。刨出地瓜，切成瓜干，在阳光下，瓜干像撒开的一片"白银元"，亮晶晶的，瓜干焦干如柴，在胃里又烧又挠，人心就燥热起来，化成了滚烫的燃烧般的活力。瓜干后来再经过金祥的鏊子的摊制，便成了美得不可思议的黑煎饼。

叶儿片片紫红的地瓜养育了小村人，催发了小村人的故事，"地瓜烧胃哩"变成了所有烦躁不安、骚动胡闹，所有活跃的、无阻碍的生命激流的"源头"。"烧啊烧啊，它要把庄稼人里里外外都烧得彤红。人们像要熔化成一条火烫的河流，冲撞涤荡到很远很久。"[11] 于是，年轻人在黑夜不倦奔跑，男人在夜晚把自己的女人打得嗷嗷直叫。

有了火焰般的地瓜，小村人不为"饥困"所牵累，具备了桃源般的悠然自适。彻底的自足，更加滋生了与土地万物密切相关的、生命本身蓬勃生长的自由精神，与之相伴而生的是金祥、露筋、闪婆等令人难以忘怀的生命状态，他们绵延于辽阔大地的炽烈情怀，令人慨叹！张炜极力渲染野地里所有人的生命激情，无论是年轻人还是老年人，所有的人都表现出充盈的生命感，都是自由自在生命狂欢的参与者。

按照接受美学"前理解"的先在结构，我们期待视野中的桃源生活是自然淳朴、怡然自得、俗美的牧歌式生活。可是，《九月寓言》似乎与我们的这种"前理解"颇有差距，小村里不是也充满了苦难，不也藏污纳垢吗？也有邪恶也有刁钻也有狡诈，也有欺骗压榨也有内讧争斗也有血腥残酷，有不断地毒打妻子的"鲅人"，有见色起意的恶人金友，有心如蛇蝎的虐待儿媳的大脚肥肩……美与丑、善与恶、精神追求与本能欲望紧紧纠缠在一起，让我们产生了关于"苦难"为什么大量呈现在"桃源"的困惑。评论者王学谦说："《九月寓言》在'寓言'这个层面而言和《桃花源记》完全是相同的。但是，那个小村人的生存状态却不像世外桃源那样其乐融融，而是充满了苦难、艰苦和不幸，但这只是我们局外人的认识、感受，而小村人的精神的欢愉程度却也并不亚于桃花源中人，特别是张炜本身对此更是一往情深。"[12]张炜也清晰地表明他的叙述无意停留在苦难：他们（读者）"说那些小村人越欢乐，就越让人觉得苦——好像作者是为了让人觉得他们愚昧才写他们的欢乐吧？我说我是在写'真正的'欢乐。那种欢乐让我真实地感到了，我才会写"[13]。若以纯审美的态度去关照小村人的"欢乐"，我们就能感受到真正的欢乐。《古船》里充满了压抑的苍凉的愤懑的情绪，而《九月寓言》竟把压抑和愤懑一扫而空，苦难被狂欢的人们逼退到咫尺之外，生命活力的飞扬和生存的乐趣得到了极力复现。即便是"忆苦"活动，也演变成小村人快乐精神生活的重要组成部分，在那些个有着艾草火绳熏香的冬夜，本应是政治意识形态的产物——忆苦，竟成了小村人盛大的节日庆典。苦难的记忆在出丑卖乖、夸张调侃中变换成为喜剧情节，小村人面对苦难过去，就以谐谑化的态度将自己置身事外了。此外，物质生活的困苦也能被容易满足的心理轻易地化解。小说里有这样的情节：金祥起早贪黑，走漫长的路，翻山越岭到南边寻那个有着古怪的圆圆平底铁器的鏊子，他千辛万苦挨饿受冻甚至以生命为代价终于将其寻回，烙出的神奇的煎饼给予小村人更多的陶醉。把煎饼视作完美无缺的"极品"，这反映了小村人对物质的态度，不奢求不贪婪，他们在最低限度的物质享受中品尝着"幸福"的人生滋味。在这个苦难被击退的世界中，露筋和闪婆演绎了浪漫离奇而又忠贞火热的爱情传奇，大脚肥肩也上演了爱和恨的故事，还有村里整夜整夜游荡的年轻人，所有的人和事，都发挥出了无与伦比的生命强劲的魅力。所以，这，就是那片真正给予人归宿的野地，就是那块真正还原人自由的"桃源"。

张炜就这样把一个充满苦难的乡村世界描绘成了生命的欢乐桃源，正是因为这种洞彻生命的智慧和透悟苦难的理性，他得以拥有了自己独立的声音。他不像有的作家，总是和着时代的节拍，追随最时尚的风尘，不可避免地失去自己独立的声音。张炜同时也倾听到了一些声音，并在独立的声音和富有韵味的叙述节奏中汇合了这些，他说写《九月寓言》的整个过程，就是"倾听自然之声的过程"[14]。城市的喧嚣已被心灵隔绝，张炜倾听到了什么呢？首先，他倾听到了故地的风声，《九月寓言》的大部分文字是张炜在登州海边的一个小房子里写出的，小房子不远处就是无边的田野和林子，小房子不久就要拆了，张炜由着心性，抒写着大地自身的快乐。其次，他倾听到了来自童年记忆中的大自然的私语，在鸟语花香的河畔果园中，在美丽富庶的大地上，这种倾听是将心灵直接投入自然当中的倾听。张炜后来之所以能一直保持对自然和生命的直觉，就是因为这种天生的性情。最后他谛听到了小村的声音，在"冰凉的秋夜里，万千野物一齐歌唱，连茅草也发出了和声。大碾盘在阵阵歌声中开始了悠悠转动，宛若一张黑色唱片"[15]。大自然的声音，白天不易捕捉，夜晚却是倾听的最佳时机。张炜狂热痴情的"九月寓言"就发生在浓浓的夜色下，发生在柔和的月光中。夜晚意象成就了"桃源"的隐秘性，成就了"鲅人"放荡不羁、自由洒脱的生命旋律。

"谁知道夜幕后边藏下了这么多欢乐？一伙儿男男女女夜夜跑上街头，窜到野地里。他们打架、在土末里滚动，钻到庄稼深处唱歌，汗湿的头发贴在脑门上。这样闹到午夜，有时干脆迎着鸡鸣回家。"[16] 万籁俱寂，清风拂面，茫茫夜色下，小村年轻人奇妙地游荡着。小脸微黑，辫子粗粗，充满着乡野的纯朴气息，浑身上下喷吐热力的赶鹦就像一匹马驹，在夜的原野里不停地炝动长腿。赶鹦是年轻人的头儿，她带领着村里的青年男女在夜色中奔跑，燃烧着年轻人过于旺盛的激情，他们像鼹鼠一样出没在小村的任何角落，穿行在月汁也渍不透的田野里。白胖的肥、豁了鼻子的矮壮的憨人、少白头的龙眼、凹脸的年九、独眼的喜年、眼皮上有小疤的美女香碗，他们追随赶鹦在夜晚倾巢出动，挥洒奔放的热情。借着夜色的掩护，他们的追逐和嬉闹更加张狂，就连野地里的刺猬、山狸子、长尾巴喜鹊、狐狸、鹌鹑、野獾也参与了嬉戏，一切都恣意盎然，人与万物，都生活在夜晚的狂欢之间。

没人确知年轻人的月亮地里埋藏了多少意趣，"咚咚奔跑的脚步把滴水成冰的天气磨得滚烫，黑漆漆的夜色里掺了蜜糖。跑啊跑啊，庄稼娃儿舍得下金银财宝，舍不下这一个个长夜哩"[17]，舍不下金银财宝又舍不下长夜者，首推当代的一些都市人，夜晚迷醉于灯红酒绿，推杯换盏谈笑风生间就偏离了自己的灵魂。夜生活越迷乱丰富，心灵就偏离得越远，以至产生更多烦躁不安，产生更多无聊苦涩，他们损害了所有的感觉，丧失了探寻"在安怡温和的长夜，野香熏人"[18] 的能力。小村人不停歇地在夜间"奔跑"，是热力旺盛、生机勃勃的象征，秉承了那些从南山或者更远的地方迁来的村人的奔跑特性。最初的奔跑是为了寻找一个富裕的地方住下来，饥饿"这东西在催逼人的一生，谁也不饶！它让人人都急急飞跑，跑个精疲力竭，气喘不迭"[19]。在关于小村来源的故事里，那些奔跑得精疲力竭，终于倒在半路上的爹娘嘱咐着孩儿："别歇气儿，往平原上赶，去吃那里的瓜儿。"[20] 既然找到了就停留下来吧，无论停留还是奔跑，都是为了一片肥美的"野地"和野地上的食物。

"黑夜"一直是张炜钟情的意象，反复出现的黑夜为"桃源"的书写增添了十足的虚幻性，黑夜中的村落和野地有白天所不具备的另一种真实。评论家郜元宝称张炜"为大地守夜"，的确是一个恰当的说法。当大地披上轻柔的黑色面纱，人和大地上的一切事物都充满了温情的亲昵感，生命中的那些激越之爱、相濡之情便是夜晚最灼目的光亮。金敏要一生一世学做喜年的好女人，他们在夜幕下"周身甘甜"地分吃一张饼。香碗一天到晚地琢磨着喜年，他们趁夜色弥漫，急切地拥在一起，谈无数无数的话，实打实地想一起过日子。黑夜，为恋爱中的男女的情感释放提供了最合适的舞台。

小村的爱情河流是奔腾不息的。闪婆和她的男人露筋的爱是一部"爱的流浪史"，是田野里最浪漫最激情的爱，"日月星辰见过他们幸福交欢，树木生灵目睹他们亲亲热热"[21]。就连心狠手辣的大脚肥肩竟然也有荡人心魄的爱情故事，独眼老人一生都痴情于她，从她这个负心嫚儿离开的那天起，他跋山涉水，睡不起店就钻野地，下了狠心地寻她，终于在和自己心爱的女人"拉着呱"的时候满意地撒手去了。大脚肥肩"亲吻不停。她哭得好响，简直像嚎叫一样"[22]。弗洛伊德曾用"文明的代价"这个命题来描述现代性引发的城市"文明病"，表现为生命力的衰退和性爱的虚假。也许是注意到了这一点，张炜才在他那始于金色九月又终于金色九月的寓言里真诚地写到乡村爱情的大胆、热烈，爱的力量的真实、自然。这种旺盛的爱的生命力，与城里人爱的委顿和生命力的衰弱截然相反。张炜在《庄周的逃亡》中明确比较了城里生活的惘怅无力和流浪生涯中遭逢真正爱情的坚定有力。庄周爱上了那个流浪女，他明白了"长久以来那种惘怅无力差不多都是来自一种茫然无定的生活。他没有目标，没有目的，不知要做什么，也不知做这些有什么意义。而现在他明白了，他做这些的目的就是为了挽救一个女人，她美丽、淳朴，而且她让他在路上一下子就爱上了。多少年了，他没有发现自己有过这种冲动和爱"[23]。

最终，村庄基底被"工人拣鸡儿"在缓慢的开采煤矿的过程中掏空了，缠绵的村庄被捣毁了，大地被折腾得千疮百孔，张炜深情地召唤那个逝去的世界："我那不为人知的故事啊，我那浸透了汗液的衬衫啊，我那个夜夜降临的梦啊，都被九月的晚风吹跑了。……听到了一部完整的乡村音乐：劳作、喘息、责骂、嬉笑和哭泣，最后是雷鸣电闪、地底的轰响、房屋倒塌、人群奔跑……所有的声息被如数拾起，再也不会遗落田野。"[24]

已经逝去或正在逝去的东西当中，也许存在着人类苦苦求索的永久价值。

《九月寓言》中的"野地"是理想的净土和精神的栖息地，呈现乡村民间诗意生活的小村不是一个现实层面的真实存在，而是具有永久价值的置于净土之上的那个"桃源"。

参考文献：

[1] 郜元宝：《"意识形态"与"大地"的二元转化——略说张炜的〈古船〉和〈九月寓言〉》，见孔范今、施战军主编《张炜研究资料》，山东文艺出版社2006年版，第186页

[2] 黄忠顺：《历史神话化叙事的时间构成——〈九月寓言〉个案观察》，《海南师范学院学报》2004年第4期，第33页。

[3] 张炜：《九月寓言》，上海文艺出版社1993年版，第240页

[4] 张炜：《九月寓言》，上海文艺出版社1993年版，第349页

[5] 张炜：《九月寓言》，上海文艺出版社1993年版，第342页

[6] 张炜：《九月寓言》，上海文艺出版社1993年版，第349—350页

[7] 张炜：《九月寓言》，上海文艺出版社1993年版，第2页

[8] 张炜：《九月寓言》，上海文艺出版社1993年版，第329页

[9] 张炜：《九月寓言》，上海文艺出版社1993年版，第31页

[10] 张炜：《九月寓言》，上海文艺出版社1993年版，第25页

[11] 张炜：《九月寓言》，上海文艺出版社1993年版，第221页

[12] 王学谦：《自然文化与20世纪中国文学》，吉林大学出版社1999年版，第180页

[13] 张炜：《九月寓言》，上海文艺出版社1993年版，第361页

[14] 张炜：《文学是生命的呼吸——与大学生对话录"节选"》，《作家》1994年第4期，第26页

[15] 张炜：《九月寓言》，上海文艺出版社1993年版，第4页

[16] 张炜：《九月寓言》，上海文艺出版社1993年版，第8页

[17] 张炜：《九月寓言》，上海文艺出版社1993年版，第8—9页

[18] 张炜：《九月寓言》，上海文艺出版社1993年版，第350页

[19] 张炜：《九月寓言》，上海文艺出版社1993年版，第91页

[20] 张炜：《九月寓言》，上海文艺出版社1993年版，第151页

[21] 张炜：《九月寓言》，上海文艺出版社1993年版，第83页

[22] 张炜：《九月寓言》，上海文艺出版社1993年版，第257页

[23] 张炜：《庄周的逃亡》，见《布老虎中篇小说•2002冬之卷》，春风文艺出版社2003年版，第35页

[24] 张炜：《九月寓言》，上海文艺出版社1993年版，第4—5页

第二节　知识分子的精神守望

　　《九月寓言》的字里行间奔突着来自大地的野性力量，张炜描绘了一个生命活力飞扬，生存乐趣极力呈现，即便有苦难也能被化解或逼退的"小村"，心中的"桃源"在一个寻求永久依托的知识分子的深情观望中呈现。

　　在《九月寓言》传统的全知叙述中，读者没有从作品中推导建构出一个"隐含作者"形象，但这个作者的"第二自我"却通过作为代后记的散文《融入野地》表达了他的感悟哲思。这是个思考型的富有德行和理想主义的主人公，一如张炜本人。这个主人公后来在张炜的很多小说中成了全知叙述者、隐含作者及主人公的合成体，譬如《柏慧》和《刺猬歌》。这个主人公将人的生存的根基，将自我的根源和万物的根源追索于土地，他接近故地，亲近大地，竭力营构一个不让世俗喧嚣渗入的精神桃源。

　　我们便以《柏慧》和《刺猬歌》为例，借助《九月寓言》和两者之间的精神联系和承继关系，探讨一个执拗坚忍的知识分子的永恒的精神守望。在思想上深入探索，在精神上热切呼唤，他警惕自己的视听，他不断地寻找，他有勇气选择与世俗取向背道而驰的"融入野地"的道路，只为追求"一个简单、真实和落定"[1]。

　　张炜早在写作《九月寓言》之前，就曾出版过诸如《芦青河告诉我》《古船》《美妙雨夜》等的中短篇小说，一方面他急切地展示了充满劳动的乐趣和激情的美好的乡村世界，另一方面他敏感多愁的心灵为"苦难"而颤抖并在《秋天的愤怒》和《古船》中让这种苦难昭然若揭。与此同时，张炜逐渐把目光投向茫茫野地，视民间和大地为知识分子的栖居之地。1991年，张炜的长篇小说《我的田园》出版，他直接写主人公毅然从城市走向大地，来到乡下，承包了一个破败荒凉的葡萄园，让飘忽的心有了着落，让葡萄园变成了繁茂的乐园和心中的桃源。次年在杂志上发表的《九月寓言》寻找到了那种被都市人隔离的生存根基——土地的精神，这意味着张炜在故地踏出了"寻找野地"的一大步。一旦发现了"野地"，张炜似乎就立即找到了抗拒物欲狂欢的阵地。自此，他"无法停止寻求"[2]。

张炜的这种寻找不休止、不间断，坚忍和执拗，正如他的表白：

"我想自己苦苦寻找的东西就好比幻化的精灵，它游动跳跃在空中，可望而不可即"[3]，这种寻求的东西不能明了，却分明存在着，"无论是睡着还是醒着，有一点永远不会改变，就是对那片原野的留恋。我对它寄托了全部热情，我一生的跋涉，只为了它。这也是能够证明能够接近的具体事物"[4]。

大地的意象在寻找的痕迹中越来越强烈，心中的桃源具象为实实在在的故地原野、葡萄园和田园。

"故地之路是唯一的路，也是永恒的路。"[5]《九月寓言》之后出现的《柏慧》就是在故地谱就的一首心灵之歌。《柏慧》里的故事，《我的田园》里也有所涉及，"在《我的田园》和《柏慧》中都出现了'葡萄园'这个意象，葡萄园既是一个大自然的缩影，又是一个人与人和谐相处、脱离世俗的桃花源。小说中有大量对葡萄园自然风光满含深情的描绘，语言是温柔的，目光充满爱意"[6]。只是，《我的田园》关注的是田园本身，葡萄园即乌托邦的"桃源", 《柏慧》中, 则只是把葡萄园当作一个知识分子精神栖居之标记而已。"我"拒绝污浊, 渴望清洁精神, 臆想的超越便是归来, 归来的目的地即是出生地, "我"把退守海边葡萄园作为精神原点。

《刺猬歌》是张炜2007年发表的作品, 文本依然体现的是《九月寓言》般的寓言, 依然树立着的是《柏慧》里理想色彩的精神标杆, 主人公廖麦下了笃定决心"归来, 放弃一切"[7], 归来后的廖麦拥有自己的土地自己的家, 一时幸福难言。

寻找具象又抽象的大地, 回归故地的田园, 张炜走过的道路类似于古代文人走过的寄情山水、归依田园的道路。宁静的田园生活在文人眼中一直是隽永而优美的诗章, 置身其间, "欢然酌春酒, 摘我园中蔬"(《读山海经十三首》)的怡然自得又自给自足的愉悦情境溢于言表。寻找"田园"源于人类对自身生活的不满, 寻找并回归田园在某种意义上切合了人类文明的逻辑性复归的哲学。这种回归与寻找一方面成为人类永恒的精神使命, 另一方面被审美化为文学创作中的桃源母题。张炜营造的无论是葡萄园还是整饬的田园, 其意象都也还是桃源原型的投影。

陶渊明的归隐在很大程度上不是被迫的退守, 更多的是一种积极的融入。人生的失意得到消解, 从而达到心无羁绊的人生自由境界。张炜的作品尤其是后期作品中的主人公对现实, 特别是城市生活持否定和拒绝的态度, 但是他们寻找精神归宿的姿态却是积极主动的, 他们尝试跳出"社会眼中的我", 就是那个依照时下流行的价值观以及人群的看法来衡量的那个"我", 超越现实禁锢, 并寻求圆满人生的心灵自由。《柏慧》里的宁伽、《家族》里的宁珂、《外省书》里的史珂、《刺猬歌》中的廖麦都是相当纯粹的知识分子, 他们对转型期的政治、经济、文化进行深沉思考, 尤其是在面对中西方文化冲突、精神世界与物质世界冲突、灵与肉等的冲突时，敢于去积极地寻找，寻找安身立命的精神根基。可是，他们选择的路依然是回眸的。"如果说张炜在解构真理/知识代言人的策略上取得了前瞻性的成果，那么他在建构具有前瞻意义的知识分子时，却不幸地选择了后顾的运思方式。"[8]张炜找寻的精神家园借助于后顾的运思方式生成，表现为向内、向后的趋向，融合在貌似退让的归隐方式中，同时表现为对本真生命的偏爱，在对传统生活方式的依恋上，它或隐或显地与道家传统思想联系着。实质上，道家所标榜的作为"道"的运动规律原本就是一个"返"字，"返"即归返、回复、循环、回归之意，"返"或回归可以归纳为"归根""复归于无物""复归于朴""复归于婴儿""复归于无极"，论述的都是同归性思想，亦即回到原本清明透彻的心灵，回到事物的初始状态和宇宙运动的本源，回到以母性自然为理想的精神家园和终极的归宿。

虽具备桃源自古就流传的田园牧歌式情调，但张炜心中的桃源却不像汪曾祺笔下的桃源那样，把恬淡、快乐的道家精神作为作品的整体氛围。《九月寓言》中的苦难只是"小村"人享受生活的不和谐音符而已，而难得具备"桃源"的祥和与宁静的《柏慧》和《刺猬歌》中的精神家园，却是主人公灵魂挣扎、奋击和搏斗的阵地。退守于精神家园的主人公不得不警觉于外界的明枪暗箭，不得不时时面临"特殊而又广泛"[9]的侵犯，甚至面临来自一切方面的"围困和粉碎"[10]。"这越来越像是一场守望，面向一片苍茫。葡萄园是一座孤岛般美丽的凸起，是大陆架上最后的一片绿洲"[11]。这片平原上的水源、矿藏、果子、沃土因商业化的开发而被毁坏，那些腆着肚子开着豪华轿车的家伙带着妖冶的女秘书在葡萄园周围指手画脚，外界的种种干扰使葡萄园时时充满焦灼的危机感。《刺猬歌》中的廖麦面对同样危机，原以为"晴耕雨读"的生活是最朴实无欺和容易实现的事情，十年忘我劳作经营的美好田园却面临一个可怕的现实：周边的田地、道路和成片的建筑正被财大气粗、利欲熏心的天童集团逐步蚕食，田园实际上变成了"孤岛"。

事实上，面对这一切，真正考验的是心灵坚守。因为"在精神方面，保护与坚守者太少，而高举'解构'大纛的人又太多"[12]。在张炜的心目中，宁伽坚守葡萄园，廖麦坚守田园，正是守护心中的家园。葡萄园和田园不是简单的一片园地，其与野地、大地、土地这些相同或者相近的、既具体又抽象的创作思维概念相比，具有更为确切的形象性，是张炜精神家园最直观的载体，是从原有的乡土伦理观中抽取出的与都市对峙的精神价值，这个精心构筑的精神"桃源"与现代社会形成了鲜明的对比，为人们也为他自己寻找到了一条有效救赎之路。这些，就是宁伽、廖麦坚守田园的根源所在。当然，他们的坚守除了精神层面上的意义，还包含了物质层面上的意义，就是对以牺牲生态环境为代价、舍本逐末的短视行为的忧虑和痛斥。

苦苦的寻找，毅然的回归，坚忍的守望，寻找、回归、守望这三者构成了一个整体。当只重视眼前经济利益的行为对人们进行精神侵蚀时，史珂们固守大地一隅的坚守便显得尤为可贵。道德是坚守的核心，精神"桃源"的道德化是张炜的价值支撑，也是他的叙事策略。张炜自己也清楚："无论是人的艺术还是人的生存，都离不开对道德与理想的追寻。这很烦琐，很累，很不让人痛快。但我们既要生活下去，也就摆脱不掉。这可能就是人类的命运。不仅摆脱不掉，那其中的最优秀者，往往还是纠缠最重、一生都要肩负沉重的人。"[13]艰难生存的独立思想者宁伽和廖麦便如长袍修士一般沉默、守望和忍耐，让孤岛"屹立着，在震耳欲聋的包围和拍击中"，不至于"剥落和坍塌"。[14]固守精神桃源的人只能在孤独和难求同类的焦灼中忍耐，他们背负的其实正是道德重负。

《柏慧》中叙述者直接把人分为"污浊的"和"纯洁的"两类，柏老、瓷眼、柳萌一类人的恶和拐子四哥、响铃、鼓额一类人的善泾渭分明，《刺猬歌》中唐氏父子的怙恶不悛和廖氏父子的无辜受难也黑白易辨。"在张炜看来，作为群体的人类可以依据其恶/善、污浊/纯洁、物欲性/精神性等二元对立的语码明显地划分为两种不同的生存状态"[15]，所以他在众多的小说中高扬清洁的精神，极力凸现宁伽们的道德感，挖掘无功利的道德追求所具有的人性深度。与此同时，对于物欲化私欲化的污浊的一类人，知识分子固有的知性又让张炜不能宽容他们道德感的缺失和恶俗化的生存模式。

"用力地、不倦地、一代一代从土地上开掘出支持生命的食物，这就是人类所追求的最大真实。这正是在求助于自己的知性。"[16]不言而喻，宁伽们是通过走出世俗和坚守真实的方式来达到道德完善，并通过融入野地，回归田园，用大地的本真和纯净来洗涤污浊，来抗争欺瞒、凌辱和剥夺的。廖麦处于现代生活的样式中，他身上承继的仍是一个传统知识分子的使命：用传统和现代对峙，用社会良知和同流合污对峙，用生命本真和世俗生活对峙，用道德理性和时代理想对峙。《刺猬歌》中葡萄园变成了现代化的"农场"，园子的收益越来越好，廖麦非常不安，他不想做"新的农场主"，异想天开地想尝试一种新的付酬方式，即公开农场所有收支的账目，尽可能公平地和常年劳作的工人们分配劳动成果，这种想法在妻子美蒂流畅而清晰的抢白后，也只能作为一个问题暂时搁置。

在这个时代，张炜的坚守显得十分特立独行。不过，他已经清醒地怀疑这坚守的持久性，从宁伽和拐子四哥、鼓额们的无力抵抗一直到廖麦最终的理想以破灭告终。《刺猬歌》被张炜自己认为是替理想主义"消毒"的小说，由此我们也可以捕捉到张炜内心的犹疑。读过大学，在机关工作过的廖麦"一直渴望过一种晴耕雨读的生活"[17]，他把这种探索——劳作和书写作为终身信条，追求不息。最初归来时，幸福感令人难以置信。"园子—农场，妻女，青葱葱一片的秧田，微浪扑扑的湖塘，都在向半生浪迹的廖麦诉说着新生和希望。"[18]廖麦如野马狂奔般的自由无羁心情没有维持多久，便慢慢开始在现实面前变得尴尬，廖麦周身集聚的冲动和涨满的愤怒无处流泻。正如小说中所揭示的全球化背景下人们在面临多重选择时的困惑与无奈：好像怀抱扎手的刺猬，取舍两难。他的女儿和妻子最后都慢慢认同了现实的规则，他赖以庇护心灵的农场也将不复存在。在竞争如此激烈的时代，自然界在无休无止的工业化、商业化的进逼下无法恢复安定的容颜，真实和知性无法觅得，所以知识分子心灵的坚守与现实社会产生冲突，而冲突又使作品本身弥漫了精神对抗的张力。

《柏慧》中的"我"，《刺猬歌》中的廖麦，《你在高原》中的宁伽，他们面临的是人生二元对立的难题，也是人类共同的难题，德国作家歌德把这个难题归之为"浮士德难题"。浮士德形象具有深邃的哲学含义，这主要表现在著名的"浮士德难题"以及面对这种困境所表现出来的"浮士德精神"上。"浮士德难题"其实是每个人在追寻人生的价值和意义时都将无法逃避的"肉"与"灵"、自然欲求和道德灵境、个人幸福与社会责任之间的两难选择。浮士德追求的是美的事物，不断探索人生的奥秘，他最终悟出人生的真谛，树立了用劳动来建立幸福乐园的理想。浮士德的悲剧，说到底是一个追求者的有限能力与终极善不可穷尽性之间矛盾的悲剧。廖麦、宁伽们所面临的也是人生探索中的亟待解决的内在矛盾。"我正从头寻索：究竟是一些什么东西，怎样伤害了我。诚然，这是一个缓慢的过程。它掺在风中，让我在不知不觉中风化。农场，书籍，舒适的、有浴室和卫生间的居所，现代耕作——这的确是一种'新概念'。我已经在不自觉间走近了它……深夜，我突然明白它简直就是一种蛊——我们走进了默默中蛊的时代。"[19]
终极的善和德行难以穷尽，人的追求何其有限。那个小小的被围困的葡萄园，还有那个景色优美环境舒适的"农场"渐渐被侵蚀，渐渐将不复存在，这又演变为张炜内心的"忧愤"，变为永恒的"归途"。

因坚守而无处逃遁的"我"只有逃回内心，逃回那个永久的"内心桃源"，回过头来，我们就可以接着品味出为什么追忆和倾诉是这些小说中最主要的叙事方式了。《九月寓言》通过肥和挺芳返回小村，在茫茫夜色中寻找那个缠绵的村庄，追忆小村的独特生活和人们的独特快乐作为开篇。《柏慧》开头也是借助如潮水般涌来的回忆，通过柏慧和老胡师的书信倾诉方式，对所经历和感知的一切进行叙述，通过这种结构来从不同的方面设置内容，表现叙事的情感特征，体现文本像长篇心灵自辩词般的独特意义。《柏慧》中的追忆是很奇妙的心路历程，"在这个喧嚣的时代，我不可回避地走入了一场特殊的耗损。走开，走开，让我安定一会儿，让我来一个彻底的总结吧。让我能够静思，能够伴着昨天的回忆……"[20]而廖麦的追忆经过了心灵的过滤，使大地更加诗意化，想象更加瑰丽奇特，野地气息更加芬芳馥郁。《刺猬歌》更接近于《九月寓言》的寓言化，廖麦铁定无疑的心愿是通过追忆写一部"丛林秘史"，记下七八十年间周边的事情和棘窝镇上的事情，一点不漏地从头记下。过往的事情和神奇传说通过被追述的方式与现实连接起来，现实和回忆穿插互动，交织成一片网状结构：历史的图景不断呼应现实的冥想，现实的生活氛围不断切入密匝匝的丛林和丛林里神秘的野物，已经逝去的因化为现实层面的果，奇闻逸事拓展了叙事的空间范围，人与自然有了奇妙的沟通，物我之间有了奇妙的转化。具体联结抽象，经验联结超验，凝滞联结激越，这使读者获得了最大的想象空间，使得读者的情绪也伴随着文字的诗意和作家的热情而跌宕起伏。

《九月寓言》是火热的，燃烧正旺；《柏慧》有所沉寂，但依然保留有烈火的余焰；《刺猬歌》既有《九月寓言》狂欢性质的话语方式，又有《柏慧》的浓郁和深刻。《九月寓言》里涌动着青春的洁净、执拗的勇力和沸腾的热情，十多年后的《刺猬歌》遭遇的是世俗的更激烈的竞争和文化消费品的大肆包围。不过，张炜仍然以在《九月寓言》中呈现的"天人合一"的自然哲学为基础，以更超越的视角、更强悍有力的感悟、更澎湃的情感激流、更恢宏的美学胸襟，对世代生活过的土地的历史和现实进行了深沉追问。在《刺猬歌》中，作家也如《九月寓言》一样无意停留于"苦难"，把苦难溶解在了不可摧折不可挪移的热爱中，溶解在了无边的丛林、广阔的野地和浪花飞溅的海边。

比较清楚的是，张炜的《九月寓言》是在生命伦理的层面诗意化人与自然的契合关系，在以后的小说中张炜一步步拉近了写作和生活的距离，知识分子的精神坚守困境是在现实生活的情境中展开的。《柏慧》是与现实的一次短兵交接，没有很多严格意义上的对当下现实的描绘。张炜于21世纪初创作的《你在高原·西郊》中，记忆中的田园已经被毁，主人公"宁"面对现实情景浑身凉彻，曾经美轮美奂的"葡萄园"旧地遭到严重污染，海水倒灌，河水恶臭，草木俱萎，一片狼藉。所有的坚守已经难以为继，主人公"宁"所能做的，只有"从头来吧，好好收拾一下"，带着心灵伤痕重返城市，建构现实原则下的理想主义。直到《外省书》和《能不忆蜀葵》，20世纪90年代丰富多彩的现代生活才清晰地跃然纸上。《外省书》近距离地描绘了当下嘈杂混乱的社会世俗生活，史东宾、马莎的身份特征和生活空间带有了鲜明的"时代性"特征。《能不忆蜀葵》揭开了遮掩眼睛的那片树叶，直接注视那个富有欲望也充满了生机的城市。之后创作的《丑行或浪漫》中已经包含了当代人精神救赎的题旨，张炜让来自乡村的"大地之母"刘蜜蜡在城市里辗转生活并驾驭了自己的命运，找到了一口气找了二十年的那个"河边割草少年"。《刺猬歌》外散内聚的结构中用了大量的笔墨描述当代性的生活现实：田园的整饬，天童产业的扩大，紫烟大垒的入侵，三叉岛的旅游开发，声势浩大的金堂归乡，棘窝镇的变迁，女儿的升迁等等。对于"时代的上宾"唐童，张炜则是强化了现实的批评力度，把唐童描摹得俨然是铁嘴钢牙的食人兽。唐童把大半个平原收在囊中，砍伐林木开掘金矿，一点一点吃光了山区和平原的庄稼地、村子、园子、水塘，他盘剥工人、攀附权贵，不啻为一"杂食怪兽"。

贪婪的人性搅乱了"桃源"诗意的纯粹空间，完美的道德理想遭到了严峻的现实挑战，《刺猬歌》小说结尾，走向野地的廖麦眺望广阔星空，体验到一种无比苍凉、无比寂寞的感受，无法找到真正的精神桃源，这几乎成了他无奈的宿命。好在张炜执拗表达故土的温情从不减弱，他对精神桃源的坚守不断地陷入困境，但他又不断地去追寻，相信他此后的作品会获得更宏大的超越性主题，他的"内心桃源"会具有更深刻的超越性意蕴。

参考文献：

[1] 张炜：《九月寓言》，上海文艺出版社1993年版，第341页

[2] 张炜：《九月寓言》，上海文艺出版社1993年版，第355页

[3] 张炜：《一辈子的寻找》，见孔范今、施战军主编《张炜研究资料》，山东文艺出版社2006年版，第12页

[4] 张炜：《夜思》，见谢冕、孟敏华主编《中国百年文学经典文库·散文卷》，海天出版社1996年版，第341页

[5] 张炜：《柏慧》，《收获》1995年第2期，第208页

[6] 王光东、李雪林：《张炜的精神立场及其呈现方式——以九十年代长篇小说为例》，《当代作家评论》2002年第3期，第36页

[7] 张炜：《刺猬歌》，《当代》2007年第1期，第72页

[8] 郭艳：《守望中的自我确认——张炜小说论》，《当代文坛》2001年第1期，第19页

[9] 张炜：《柏慧》，《收获》1995年第2期，第205页

[10] 张炜：《柏慧》，《收获》1995年第2期，第205页

[11] 张炜：《柏慧》，《收获》1995年第2期，第160页

[12] 张炜、王尧：《伦理内容和形式意味》，《当代作家评论》2002年第3期，第23页

[13] 张炜、王尧：《伦理内容和形式意味》，《当代作家评论》2002年第3期，第20页

[14] 张炜：《刺猬歌》，《当代》2007年第1期，第186页

[15] 王春林、贾捷：《神圣家族——从〈家族〉看张炜的道德乌托邦理想》，《山西大学学报》（哲学社会科学版）1997年第1期，第40页

[16] 张炜：《柏慧》，《收获》1995年第2期，第159页

[17] 张炜：《刺猬歌》，《当代》2007年第1期，第203页

[18] 张炜：《刺猬歌》，《当代》2007年第1期，第123页

[19] 张炜：《刺猬歌》，《当代》2007年第1期，第204页

[20] 张炜：《柏慧》，《收获》1995年第2期，第133页

六编

第三节 "自然人"的生命形态

眷恋土地，亲近自然，结构着张炜小说的桃源叙事和审美方式。张炜说："文学应该永远是质朴的，永远是从土地上生发出来的青绿。"[1]他一直不改初衷，凸显着大地乌托邦的精神价值。在张炜笔下的那片心灵净土上，拥有的大量具有独立审美意义的自然意象，葡萄园、山楂林、玉米地、烟叶地、麦田、灌木丛、海滩，组成了立体诗意的画面。那些常人看来也许并不起眼的繁茂的植物纷纷扬扬闪烁在画面上，火红的地瓜、金黄色的蜀葵、金黄的烟叶、茂盛的荆棘、丰硕的菊芋、泛香的艾草、苗壮的酸枣树……还有活跃着的一群群鸟雀和四蹄小兽，它们构成了静谧和谐的大自然。

张炜作为大地的歌者，欢唱那铃兰和萱草铺满的乡间小路，欢歌那翩翩起舞的蜜蜂和彩蝶。他坚持在野地游走，并极力张扬大地上朴素自由的生命形态。张炜在作品中是从自然的角度出发来塑造人物的，遵从道家的自然精神，把人返归生命自然、摆脱生命的形累视为关键。他的价值取向与审美理想往往集中体现在"自然人"身上。

何谓自然人？是指与自然界天地万物会心适意的人，没有受到现代社会的"污染"和异化的人，追求思想自由、精神独立的人。其中，"一种是为历史世界操心的人，一种是在自然世界中与物同情的自然人。后者常常又分为两类，一类是天生的与自然契合无间的人……另一类则是舍弃了历史世界重返自然世界的人"[2]。张炜的笔触总是钟情于那些天生的与自然契合无间的自然人，诸如《古船》中顺从柔弱的含章、大喜、小葵，还有涂染了一些勇敢色彩的闹闹；《九月寓言》中索性出现了大量的涌动着强烈激情的自然人，丰盈自足的小村里，得天地之精气，汲日月之清辉，活力四射的赶鹦和肥等人；《柏慧》中淳朴的鼓额；《远河远山》中用自己善良的本能拯救无数动物生命的小雪；《丑行或浪漫》中寻找灵与肉超脱的刘蜜蜡；《刺猬歌》中矢志不渝执着于爱的美蒂。还有纯真又感染了现代气息的柏慧、师辉、肖潇，具备贤淑美德的闵葵、淑嫂，燃烧爱情活力挥洒野性色彩的闪婆、"小河狸"。在中国传统的文化中，女性总是象征着美和善，与和谐、温煦、诗意融合在一起，也许正因为如此，张炜好像始终怀有找寻心中完美女性的情结，他有意识地在进行桃源叙事时选择女性作为审美介质。

除了这些张炜所挚爱的女性自然人形象外，还有大量的男性自然人形象，他们保持着道家生命本真的信念，具有与自然为一的生命理念，他们历经喧嚣世界的动荡不宁，最终舍弃尘世，或者意欲舍弃尘世，诸如《怀念与追记》和《柏慧》中的宁伽、《家族》中的宁珂、《外省书》中的史珂、《蘑菇七种》中的老丁、《庄周的逃亡》中的庄周、《能不忆蜀葵》中的恺明、《你在高原·西郊》中的宁、《刺猬歌》中的廖麦，张炜大多数小说的主人公都延续了陶渊明"久在樊笼里，复得返自然"的快意。回归自然，并不是要像自然界中的其他生物一样凭借本能生活，而是依照人的本性或者天性生活。关键之处在于顺应自我生命的内在要求，回归田园只是外在的形式，不是目的。

建构精神家园隐喻着对个体生命自由的追求，其表现形式就是生命的和谐状态和人的自由意志不受束缚。在中国道家文化那里，自由精神尤为明显，"安时而处顺，哀乐不能入"（《庄子》），人不为外物所动，哀乐的情绪就不会侵入胸中，从而维护个体生命的自由体验。

"流浪"的情结在张炜的作品中多有体现，"流浪汉"在张炜的眼中也有崇高的含义，他们是主观精神自得其乐的自然人。刘蜜蜡、闪婆绝妙的"流浪爱情"，庄周、宁伽、宁珂、史珂、老丁、廖麦都有过在苍茫中流浪的经历。更有融入了自然的真正流浪汉。"一个人的匆匆出走不是为了别的，而仅仅是为了做一个货真价实的流浪汉——这在今天是可信的吗？"[3]张炜在文本中的这个反问句传导了关于流浪的超脱世俗的意义密码。

"夫虚静恬淡寂漠无为者，万物之本也"（《庄子·天道》），"这就是道家的自然之道。这就是宇宙生命的自然规律的自觉，是觉悟到了宇宙生命的自然规律，因而自觉地以自然的态度对待生命"[4]。保持淳朴天真的自然本性，告别尘嚣展现生命自由，张炜笔下的自然人秉承了道家自然之道精神实质，按照其精神和形态的些微差异可以分为"赤子型的自然人和超脱型的自然人"[5]。

道家的赤子之心尤指依本性存在、天真纯朴、人性完满的自然状态。老子说过如此典型的话："含德之厚，比于赤子。蜂虿虺蛇不螫，攫鸟猛兽不搏。骨弱筋柔而握固，未知牝牡之合而朘作，精之至也。终日号而不嗄，和之至也。"[6]赤子之心是潜在的纯朴道德主体本身，完全遵循人类善和自然的本性。"正是基于赤子之心这个价值基点"，桃源叙事的作家们才"有可能依凭着道家自然精神营构他们心中理想的桃花源世界"。[7]拥有赤子之心的自然人带着全新的异质感受扑入读者的视野。

在月亮底下，"赶鹦第一个奔跑起来，长腿跳腾。一匹热汗腾腾的棕红色小马，皮毛像油亮的缎子，光溜溜的长脖儿小血管咚咚跳"[8]。赶鹦是在《九月寓言》中小村子里具有赤子型自然人实质的少女，她热情坦率，端庄秀丽，了无机心；她浑身充满着乡野的纯朴气息，她说起数来宝，响亮迷人，她那旺盛的自然欲望和生命力的体现恰如沈从文描绘的赤子形象翠翠，"为人天真活泼，处处俨然如一只小兽物"（《边城》）。翠翠生来就与自然交融为一体，其名字即"为了住处两山多篁竹，翠色逼人而来"，强调人与天地的和谐。另有现代作家废名笔下的三姑娘、琴子、细竹，沈从文笔下的三三、夭夭这样美丽善良的少女，还有汪曾祺笔下的明海、英子、十一子、巧云，他们都是赤子型自然人，性格素朴、单纯，如一汪碧绿的清水，又如一片蓝蓝的天空，他们的自然天性和自然融为一体。翠翠具有情窦初开、天真未凿的个性，她爱情的悲剧原因在于她天性羞怯隐藏情感，而不是社会的挤压。三姑娘贤淑善良趋于极致，即便与妈妈争吵，原因也只是在于过于乖巧。

与现代作家描绘的赤子相比，赶鹦、肥、喜年、憨人、龙眼、争年、香碗等小村里天性纯然的年轻人，更具备蓬蓬勃勃的青春气息和逼人的野气。《九月寓言》里还有一个不能作为自然人形象的工区子弟挺芳，反衬了赶鹦们的充盈活力，他身上融合了无能的、多病的、心底幽暗的"文明人"的表征。挺芳不能像那些生下来就在土里刨食的小村人，他也想象不出土里会有什么声音，当他跟随肥来到田野，"他好像打生下来也没见过这么大一片地瓜地，没见过铺展到天边的绿苍苍浑茫茫的秋野"[9]。因而，他的性情和村里的年轻人迥异，后者更从容、率性，身上始终燃烧着什么东西，热情澎湃的让人费解的东西，像酒一样灼人烫人在体内泛滥的东西，这也许真的跟"地瓜"有关。这就是张炜精神思辨中不停振荡的两极，野地与都市、原生文化与现代文明、自然人与文明异化人。赤子型的自然人倾注了张炜特别饱满的感情，甚至会产生"让人看了心里发疼"[10]的感觉，这里指《柏慧》中那个"像一个沉默的天使"的鼓额。

小鼓额平凡朴实得就像一株庄稼，淳朴到了极点，18岁的她像没发育一样，瘦瘦的，可爱又可怜。她出身于一贫如洗的农家，生下来没有穿过一件值钱的衣服，没有享受过一顿奢侈的菜肴，童年时极度贫困却也极度快乐。鼓额纯净透明地生存着，总是低垂着眼帘，没有声音地走路，黑亮的大眼睛神秘得像个精灵，她始终保持着沉默，维护着善良。这个纯洁清澈的平原少女的善良是"这个世界上独一无二的"[11]，哪怕任何人给予的一点恩惠，她都愿意以性命相报。这样的一个赤子没有逃脱恶棍的贪婪目光，难以避免的悲剧还是发生了。沉默和善良的鼓额求助的是一种精神的力量，她在葡萄园找到了。可是伴随围困的迫近，如果葡萄园最终破毁，这个赤子般的姑娘又该复归哪里呢？

张炜小说中还有一组女性群像，她们是中国文学传统中温驯、纯洁、富有自我牺牲精神的女性，从憨人妈、龙眼妈、柏慧、梅子、师辉、肖潇、闵葵、淑嫂等女性身上，我们其实可以追溯到巴金小说中的鸣凤、梅、李静淑和张文珠，曹禺笔下的四凤、侍萍、愫方和鸣凤，她们把文学传统中的"佳人"和"母亲"两类理想形象合二为一。事实上，大地就像母亲一样哺育了芸芸众生，土地默默无闻地给予人类以母亲般的善良、甜美、柔情、温暖和包容的情怀。桃源情结是和母性崇拜连接在一起的，只有母亲身上的与生命、大地和爱相关联的一切才是人类最终的精神欲求。在书写女性时，张炜特意进行了女性与大地母体的互喻，如他把会做黑煎饼的庆余比作无声无息容纳一切的、阔大无垠的"泥土"，他把美蒂比作浓郁的麦香和温热的土地。

张炜在塑造人物时一直隐含趋"善"的价值指向，那是一种他试图确立的道德理想。在与外界社会几乎隔绝之地，赤子型的自然人率真纯朴，超脱型的自然人率性而为，善良的灵魂唯有在桃花源般的田园方能得以安妥。人心的纯朴、无有心机的德行设置在桃花源般的美景和安闲生活中，"善"方得以凸现。"善"的道德理想是一种道德的救赎，最终目的是强化道德的自律性，是一种道德的自我完善。

张炜已经"远远不会满足于一般的爱与善了"，他要的是"铭心刻骨的、执着纠缠至死不舍的那一份"。[12]善都是出于爱，善又令散发原野馨香的自然人的爱情更浓烈如酒。自然人的爱情因为依托着大地而被剔除了虚伪和浮华，显得更加浪漫，更加执着，更加惊心动魄。

"大圆圆脸，眉眼儿俊煞"[13]的刘蜜蜡对爱情百折不挠的追寻成为《丑行或浪漫》的叙事脉络，文本从改名为刘自然的刘蜜蜡终于在城里寻到了心上人铜娃开始。面对这个贴心贴肉的男人，面对这个二十年前在河边割青草的少年郎，历经千难万险，拼死拼活，遭受无尽折磨，终于觅到真爱的蜜蜡回述了她整个前半生坎坷曲折的经历，刘蜜蜡迷上了乡村教师雷丁——一个她精神的引路人，却被民兵连长小油矬逼婚，婚后她瞅准机会"撒开丫子"就跑，"今生只想做个流浪人，走哪儿算哪儿"，[14]她心中念想的是老师雷丁的影子。第一次逃跑被逮回，长相如同大河马的当地恶霸想在她睡着时糟践她，情急当中她抓起刺刀误杀了"大河马"，又一次拼命地逃跑。跑啊，跑啊，就"像被风吹赶的草籽一样，落不了地也发不了芽"。[15]最后，为了那个古铜色皮肤的俊少年铜娃，刘蜜蜡索性一头扎进城里，但光怪陆离的城市生活丝毫不改其赤诚的田园性情。两次长长的逃跑流浪生涯都因蜜蜡内心的坚忍不拔而映照出了爱情力量的伟大。涂染了流浪色彩的蜜蜡不同于以前的那些女性，她深深地被老师吸引，她渴望背着花书包上学。她甚至把"上书房"和"有张书桌"作为出嫁的唯一要求。流浪途中，她始终随身带着那个旧书包，她不间断地书写着，"挥动的笔尖发出沙沙声，就像在南瓜花儿盛开的河边上一阵疾走"。[16]大小不一、颜色各异的纸片带着荒野的气息。这个自然人究竟在书写什么呢？这个丰饶的、与生灵有约的、在乡野间穿行过的女子，她的肌肤就像南瓜瓤儿，透出的是粉糯糯的瓜香，她的书写里有着一路的奔跑和屈指可数的令她问心无愧的欢爱，她的书写里有着用一辈子的时光都不能解读的爱之永驻，她的书写也许会泄漏大地之神秘。

"爱就是爱，是永恒的渴望之中最柔软最有力的元素，是人类向上飞升的动力。"[17]

自然人的爱情获取了自然之精髓，散发着野地、莽原、林木、绿草迷人的芬芳。美蒂"大呼小叫——'妈呀，真逮着汉子啦！'这声音仿佛从辽野更深处传来，从冰凉的海蚀崖的空穴上掠过，携带和粘连了野物的毛发"[18]。就是这个来自荒原大泊，从小穿金叶儿马兰织成的蓑衣，从未走出棘窝镇半步，周身散发着奇异香气，浑身长满了谜一样的代表野性、美好、高贵的金色绒毛的女人，为了自己的心上人竟抱持着令世人纳罕不已的坚忍信念，这种坚忍比之刘蜜蜡有过之而无不及，为此美蒂"可以受辱、挨饿，可以忍受鞭笞脚踢，可以一年年挣扎着活，可以在枪刺下奔跑……"[19]从《刺猬歌》中美蒂、《丑行或浪漫》中蜜蜡的爱情本质上，我们可以看到张炜和汪曾祺在描摹自然人的爱情时的大相径庭。

汪曾祺的《受戒》写小和尚明海和农家少女英子之间率真的从容的婉约的爱，充溢着生命的挚情，不像张炜笔下的爱情那样坚忍地浸泡了泪水。即便《大淖纪事》里小锡匠十一子和巧云之间的爱充满悲剧色彩，其悲剧成分也因仁爱互助的传统美德而得到了稀释。张炜的爱情浓烈悠长，携带着火和热，交织着爱和恨，爱情的急切使他无暇采取汪曾祺般温婉的叙述方式和不急不躁的风格。《柏慧》里的爱情更多的是"激越"，这两个字眼囊括了爱的本质。激越的不只是爱，也有恨，也有知识分子的良知，汇聚成了吞咽爱恋苦楚的主人公宁伽的心灵自辩。"柏慧不仅是聪慧，而且出奇地直爽，就像一个正直的人那样直爽"[20]，宁伽只是因为认为柏慧和他是截然不同的土壤上长出的截然不同的植株，她触碰了他心中绝对不能触碰的东西，便狠心舍弃了爱情。无边无际的爱情是这个时代的稀有之物。在这里，有必要提及廖麦和美蒂对爱情的坚守以及爱情的宿命。又倔又韧的爱情之心分明是真爱故事决绝上演的前提，自两人深情相拥但被恶人"唐家父子"拆散一刻起，经凶险四伏的亡命之夜和六年久久的企盼之后，美蒂终于等来了潜回棘窝镇的廖麦，在那个滚烫烫的小屋里拥有了一生中最重要的时刻。随后，美蒂一个人守着私生子煎熬，苦苦等待着用"死水烂地"安置一家三口的日子的到来。于是，美蒂先是短期承租林海山野莽原之间二百余亩的荒园，后来又买下了它五十年的使用权，准备打造一个有湖塘、有果树、有葡萄架和麦田的"桃源"。从无边的莽野到南国，从南国到省城，当廖麦停止无边无际的跋涉之后，他和美蒂在这个"世外桃源"拥有了无尽的缠绵和依偎。初次归来的夜晚，面对这个历尽千辛万苦却仍对爱情不悔不倦的女人美蒂，廖麦充分享受了爱情的炽烈火热和如胶似漆的欣悦。十年间，两个相爱的人长相厮守，过着"晴耕雨读"田园牧歌式的日子，"廖麦感受着妻子——其实他们这样日日相偎的日子只有十年，她每一天里都是他的新娘，因为这样的日子来得太晚、太不易了，可以说是大把的血泪换来的"[21]。就连这般执着坚守于心的爱情也被时代欲望洪流慢慢侵蚀。难道他们的爱情就像手抱刺猬，处于"扔了可惜，抱着扎人"的两难状态吗？至爱之中的至爱被这个时代的潮水冲击，直到廖麦愤怒地把出售农场的合约扔到美蒂眼前。他会选择离开这个爱他而又背叛过他的女人吗？简洁明了的生活表面下深藏了无可回避的潜台词，最终，美蒂身上她作为刺猬的最后特征——脊部的金色绒毛，消失殆尽了。

　　没有磨灭知识分子德行和知性甚至更增添韧性的廖麦是张炜的

创作不为世俗所俗化、执着于桃源叙事的又一见证。廖麦内心拥有着不可摧折不可移动的热爱，他坚持理性，他捍卫尊严，他洞见人性。他最终会重新寻找，就像《刺猬歌》中描写的一幕：有一夜，廖麦在星空下绿蓬蓬的原野上入梦了，梦中老婆婆的数叨就是一种命运的谶语，说他就要离开，成为一个流浪汉，"地当炕，天当被，赤条条来去无牵挂"[22]。记得《红楼梦》中薛宝钗在过生日时特意点戏《鲁智深醉闹五台山》，这样的大家闺秀却极欣赏鲁智深的狂禅之歌"赤条条来去无牵挂"，可以想见世人心中对生命自由的梦想和追求。

　　人不断努力创造这个世界，又被创造过的世界压抑和异化。人自身的行为无法消除异化，正如庄子所言"人之生也，与忧俱生"，这就不能不令人产生巨大的心灵骚动。廖麦也许会选择重新流浪，"流浪情结"几乎与张炜小说中每个主人公都有所牵系，那些身上具有与生俱来、不顾一切的流浪本性的自然人就更不用说了。

　　《九月寓言》里先人的流浪基因造就了小村人对流浪的无限憧憬和向往。小村诞生，是先人流浪的结果，小村塌陷，又预示了人们新的流浪。流浪—停留—再流浪的过程，也是张炜精神坚守永不停息的象征。小说主人公不断地奔跑流浪的情节结构了小说的开始、发展、高潮和结局。流浪者的足迹在很多文学作品中出现过，郁达夫的《沉沦》和《零余者》、蒋光慈的《少年漂泊者》等小说中的"流浪"是伤感而酸楚的行旅。而"流浪"在张炜的笔下，截然不同，"在流浪的意义模式上，张炜重构了人的本质，促成了人与自然的和谐，实现了对于人的本质意义的规定：摆脱规范，高蹈自由"[23]。在对流浪永无厌倦的叙述中，张炜勾画了人、我、物在平等的状态中各自的悠然自得，人的敏悟多情和平等对话让树木、花草和庄稼拥有了滚烫的生命，万物的生命与情趣又让人变得更加宽容和温厚。《九月寓言》里"好一伙流浪的野地人儿，说着乱七八糟的异地口音，都有着不可捉摸的怪脾气。他们在漫漫野地上流动，走哪吃哪，抱着母鸡，背着小娃"[24]。《刺猬歌》索性把流浪汉又用另一个名称替代，即"痴士"，他们在野地里游荡，没家没舍，任谁见了都会喊一声"痴士来了"。痴士串百家门讨百家饭，"如果是出奇脏腻或言辞极度混乱，就称为'大痴士'"[25]。

流浪，意味着以日月星辰为伴，以山野荒原为家。走向大地深处的流浪汉，他们背着包裹四处眺望的背影是多么令人神往，张炜把这种自觉靠近的情绪放到了小说中，并在每部小说中加倍写到了他们的真实、他们的机智、他们亲历的故事、他们与世俗之人的区别。那个在《怀念与追记》中出现的庄周，别人眼中正处于人生火爆时候的一个人，突然消失在民间，这里面包含了"深邃难言的辛酸和人生的睿智"[26]。借用主人公庄周的话就是"人只有化入了自然才没有了丑恶，才是可爱的"[27]。于是，庄周作为一个真正的流浪汉赢得了"我们"这类人的尊重。主人公"我"也从不背叛流浪的精神，"我不属于这座城市，这座焦干的城市会榨掉和耗尽我最后的一滴水……"[28]朋友李擎作为一个孝子，为了流浪的欲望而备受煎熬，那种奇怪的无法察觉的亲近大自然的力量推拥他出走。到了《庄周的逃亡》，庄周已经成为一个货真价实的流浪汉，质性自然，行进在野地里，一切都那么真实无伪，一切都那么质朴无华，没有了矫饰之累。

由此我们可以看出，流浪不仅包括生存意义上的流浪，更意味着一种对生命本真状态的追求，"在张炜笔下，更多的是一种出于生命与自由的内在渴望的游荡，它是非生存性的，是天性里骨子中的一种漂游的渴望。流浪是生命力的无限张扬，是生命的流动和自由的飞翔，这是张炜倾情书写的另一种流浪形式"[29]。当庄周告诉妻子，他要走了，做一个"消失在民间的人"，妻子问老庄看重什么，他说他看重的是"友谊、事业、爱情、肴"。[30]"肴"可以代替前三项所不能包含的一切，它们全是自由自在、合乎性情的东西，可以代表一切的嗜好。我觉得"肴"是真正享受的人生。陶渊明在《五柳先生传》结尾处写到"衔觞赋诗，以乐其志"，其中的"志"，亦可解读为"自由意志"，"乐"正是实现了自由意志之后的欢乐，这种欢愉体验在张炜描述的奇妙流浪之中也有所呈现。

我们对人生悲剧的超越一般有两种：一种是外在的超越，一种是内在的超越。外在的超越在于社会历史的层面，将人束缚在必然性之中，人很难获得或者根本不能够获得自由，这种自由是指人最大限度满足的那种内在心理体验。而内在的超越却可以达到一种自由的境界，满足自由的意志。那些作为自然人的流浪汉，其自由的意志是不羁的忘我的精神状态。张炜特意赋予流浪更深层的文化意蕴，最后诗意地"找到了他流浪中要寻找的精神家园并且建构了'我的家园'"。[31]

张炜的"内心桃源"，是桃源叙事中少有的，可以在现实生活中实实在在触摸到的"家园"。

参考文献：

[1] 张炜：《心中的黄河》，见《批评与灵性》，文汇出版社2005年版，第153页

[2] 汪树东：《中国现代文学中的自然精神研究》，黑龙江人民出版社2005版，第17页

[3] 张炜：《怀念与追记》，作家出版社1996年版，第233页

[4] 黄克剑主编：《论衡》（第二辑），福建教育出版社1999年版，第296页

[5] 汪树东《中国现代文学中的自然精神研究》，黑龙江人民出版社2005版，第116页。汪树东在研究中国现代文学的道家自然人形象时，把道家自然人划分为赤子型和超脱型两种形态，并认为中国现代文学中道家自然精神的桃花源价值理想、赤子之心的价值基点及无为超脱的价值原则其实无不凝结于道家自然人的图景中。

[6] 陈鼓应：《老子今注今译》，商务印书馆2003年版，第274页

[7] 汪树东：《中国现代文学中的自然精神研究》，黑龙江人民出版社2005版，第93页

[8] 张炜：《九月寓言》，上海文艺出版社1993年版，第105—106页

[9] 张炜：《九月寓言》，上海文艺出版社1993年版，第25页

[10] 张炜：《柏慧》，《收获》1995年第2期，第141页

[11] 张炜：《柏慧》，《收获》1995年第2期，第137页

[12] 张炜：《柏慧》，《收获》1995年第2期，第163页

[13] 张炜：《丑行或浪漫》，云南人民出版社2003年版，第138页

[14] 张炜：《丑行或浪漫》，云南人民出版社2003年版，第309页

[15] 张炜：《丑行或浪漫》，云南人民出版社2003年版，第309页

[16] 张炜：《丑行或浪漫》，云南人民出版社2003年版，第318页

[17] 张炜：《柏慧》，《收获》1995年第2期，第149页

[18] 张炜：《刺猬歌》，《当代》2007年第1期，第122—123页

[19] 张炜：《刺猬歌》，《当代》2007年第1期，第75页

[20] 张炜：《怀念与追记》，作家出版社1996年版，第109页

·下编·

[21] 张炜：《刺猬歌》，《当代》2007年第1期，第83页

[22] 张炜：《刺猬歌》，《当代》2007年第1期，第170页

[23] 彭维锋：《狂欢书写与修辞隐喻——以张炜〈九月寓言〉为个案》，《济南大学学报》2005年第1期，第42页

[24] 张炜：《九月寓言》，上海文艺出版社1993年版，第315页

[25] 张炜：《刺猬歌》，《当代》2007年第1期，第80页

[26] 张炜：《怀念与追记》，作家出版社1996年版，第404页

[27] 张炜：《怀念与追记》，作家出版社1996年版，第241页

[28] 张炜：《怀念与追记》，作家出版社1996年版，第465页

[29] 罗良金：《在流浪中寻找精神的家园——论张炜的小说》，《贵州文史丛刊》2006年第3期，第46—47页

[30] 张炜：《庄周的逃亡》，见《布老虎中篇小说·2002冬之卷》，春风文艺出版社2003年版，第13页

[31] 罗良金：《在流浪中寻找精神的家园——论张炜的小说》，《贵州文史丛刊》2006年第3期，第46页

第四章　用小说修复精神家园

——以苏州作家叶弥的成长为例

有的人天生注定是当作家的，我坚信。

可叶弥与文学的缘分呢？在她30岁前这似乎一直是个悬念。我尝试着从叶弥的无数个时间切片中找寻答案。

彼时，叶弥的寻常日子过得有滋有味，可她的内心沸腾着什么，不得安宁。一阵阵穿透心灵的战栗中，叶弥不能自已。叶弥自己承认这便是"文学"，离得那么近，自己却又不敢面对。

叶弥尝试写了一篇小说《名厨》，刊发在一本雅致的杂志上。自此，她蕴蓄了多年的文学激情，如火山般喷发。

成名作《成长如蜕》发表以来，叶弥一直在不急不缓地创作着，以每年几篇小说的创作速度将她的文学梦进行到底，以退守的姿态将桃花渡、菊花湾和香炉山遥望为乡土桃花源。

在2014年8月获第六届鲁迅文学奖短篇小说奖的《香炉山》中，透过别样清幽的花码头镇，我们依稀可辨其桃源原型的存在。

叶弥用小说修复精神家园，她说："我一直孜孜不倦地追求精神家园的修复。涓涓细流归大海，小说中的一切最终都会归于此，小说中塑造的人物往往有坚强的精神追求，都体现着我的精神理想。"

文学之路迢遥，迷恋自然纯净的叶弥，夯实了桃源叙事的情感根基。

第一节 桃源或隐或现

叶弥说过："很奇怪，我一方面经历着不安，眼睛里全是乡下穷人无奈的生活。但另一方面，在心里最深的地方，往往只留着一些美好的东西。"[1]

她记得一方方田地横列，庄稼茂密地成长，村里人在地里挥汗如雨，飘着袅袅炊烟的房屋融化在夕阳的倒影里，宛如桃源一般。甚至，她还记得冬日里邻居大爷在一条冰封的河面上取到一只螃蟹，那只足足有半斤重的野螃蟹被烧成一锅原汁原味的螃蟹汤，邻居大爷家那蟹味香极了，以至于令她感到终身难忘。

对万事万物敏感的叶弥没有荒废读书的好时光，她躲在茅草房里痴迷地读着《普希金文集》，读到《驿站长》《暴风雪》《村姑小姐》的时候，那些简洁的文字在叶弥心中激荡。《聊斋志异》是叶弥放在枕边经常读的小说，其现实与虚幻的统一让她痴迷。

那时，叶弥爱画画，而且偏爱写诗。

乡村生活有宁静的环境，有淳朴的人情，有桃源般的超脱，更有艰辛和不易。当14岁的叶弥跟随父母回到苏州时，她把童年时期对生活的感悟积淀成了写作的基石。大约17岁的时候，她有一阵做过文学梦，这是一个隐秘的又让人兴奋的梦想，梦的结局是她在报纸上发表过一篇千字小小说。

此后，叶弥恋爱，结婚，生子，日子如流水，表面上过得有滋有味，她不很快乐，但也不至于悲伤。

临近而立之年的时候，叶弥的内心翻卷、沸腾着什么，平常日子也被这种内心的喧嚣搅动得不得安宁。一阵阵穿透心灵的战栗中，叶弥不能自已。叶弥自己承认："事实上，我从来就没有真正离开过文学，哪怕我不看书、不写作。文学一直离我很近，只是我不想面对它。"[2]

只因一件小事情，凭借一本雅致的杂志，叶弥找到了灵魂奔突的出口。叶弥有一个亲戚，别人称他为"江南厨王"。有一次，他们一起结伴回无锡乡下老家，叶弥仿佛看到了他的内心。于是以他为原型，她写了一篇三千字的小说，叫《名厨》，在《苏州杂志》1994年第4期上发表。《名厨》写了一位功成名就的厨师，在封勺还乡之后，为了报答乡亲们的多年厚爱，想专门做一桌佳肴来答谢乡里乡亲。结果，名厨发现自己拿手的那些所谓的名菜（包括"龙凤呈祥"），其实都是乡间普通的家常菜而已。名厨不由陷入了一种对生存本身的荒诞性的思考中。

"我对生活的感受也在那时候饱和到一触即发"[3]，叶弥如是说。此后两年间，她试探性地把小说寄到江苏省作家协会主办的《雨花》杂志，两个短篇小说《我们的秩序》和《我那失控的回忆》被分别刊发。她蕴蓄了多年的文学激情，在1997年后迸发。

1997年春暖花开时节，当《钟山》杂志的徐兆淮看到叶弥的中篇处女作《成长如蜕》时感觉眼前一亮，心中一震。于是，当时名不见经传的叶弥的小说被安排发表在了《钟山》1997年第4期的头条位置。

随后，《小说选刊》《新华文摘》都转载了《成长如蜕》，评论家丁帆、李敬泽、王彬彬都相继发表了好评。

《成长如蜕》获1997年度全国最佳小说奖、首届紫金山文学奖中篇小说奖第一名。这篇小说成了叶弥的成名作，也凑巧是叶弥之所以成为叶弥的作品。叶弥本名叫周洁，这是个相当大众化的名字。好多次叶弥走在路上，听到有人叫"周洁"，回头一看，喊的却都是别人。《钟山》杂志的编辑决定发表《成长如蜕》时，建议她用一个不太大众化的笔名。周洁取笔名时很富戏剧性，分了两个步骤：第一步决定姓叶，因为妈妈姓叶；第二步决定翻字典，允许自己随机翻十次。翻到第五次，她就看到"弥"这个字，因为喜欢这个字，便叫叶弥了，就这么简单。

30岁开始经营文学确实晚了一些。叶弥决意去叩响文学的门扉，这印证了她生命旅程中不能抗拒的情感建构，有文字佐证："我承认我写作的动机就是这么简单：活不下去了。写作以后也继续有活不下去的感觉。我不愿丢弃这种感觉，它让我在感觉良好的时候突然沉静，它不会让我得意很久，时刻看住我的腿，让我不敢深涉污泥淖水，它也过滤我要的名利，使我不能都要。"[4]叶弥的回答是如此坦率，这段文字没有加入思考的染色剂，也没有把介于日常生活与行而上哲学之间的文学神圣化。文学没有像狂热的爱好者想象得那么高尚，文学也是生活的一部分。如果一个人感觉到心灵渐趋枯萎，那么写作也可以作为纯净地活下去的方式。当个体生命的敏感触须在世俗生活中寻求超越时，写作可以成为让生命燃烧的一种生存方式。

只因对人生有着不懈的探求精神，叶弥由原先的普通生活彻底转入了字间生活，她开始用执拗的笔触营造与现实抗衡的桃源净土。当然，"叶弥笔下的桃花渡——香炉山空间并非自足的'世外桃源'，它向外打开，将冲突、对抗、眷恋、变迁囊括其中"[5]。

颖悟和灵慧使叶弥在创作的路上不落俗套，跌宕起伏的生活经历成为可供她不断汲取的创作源泉，生命的饱满状态让叶弥的灵感迸发。

成名作《成长如蜕》发表以来，叶弥一直在不急不缓地创作着，以每年几篇小说的创作速度将她的文学梦进行到底，以退守的姿态将桃花渡、菊花湾和香炉山遥望为乡土桃花源。

叶弥的大多数作品都能让我产生沉下心去体味的欲望。在风起云涌的文坛里，她总是以低调平和的姿态穿行，可是她又那么不甘心潜隐，她对存在之救赎的意识如此强烈，以至于在她的小说文本中，生命个体的体验在叙述中尽情地铺展，生活碎片的状态在叙述中敏感地呈现。

和文学结缘的叶弥一向关注小人物，她用体恤的笔书写真正小人物的命运，表现小人物与社会的矛盾，反映小人物在矛盾状态中的情感，演绎小人物的悲剧人生。在温情而细腻的叙述中，通过对小人物感同身受的细微观察，她还原了底层小人物的生存本相，展现了女性特有的悲悯情怀。痞子、流氓、骗子、赌徒……庸常生活中的小人物内心并不卑微，充满人性的思辨，有着专注甚至孤注一掷的情怀。叶弥在对小人物生存图景精心书写的同时，实现了一个女作家对生命和生存的审度与省思。

青少年成长题旨的小说是叶弥创作的一个重要方面。关于成长的曾经和将来，关于成长的精神蜕变，关于成长的内心骚动，关于成长的憧憬和迷茫，关于成长的疼痛和忧郁，关于成长的一切纷乱思绪都在《城市里的露珠》《耶稣的圣光》《两世悲伤》《无处躲藏》《黄色的故事》《粉红夜》《我找王静》等成长小说中有所表现。自天真无知至成熟世故的历练过程从来就不坦荡如砥，何况，叶弥又是把这些个体生命的成长置于城乡、时代和两代人的对照中完成。叶弥的成名作《成长如蜕》更是设置了人物与环境的冲突和碰撞，"弟弟"的内心情感由本真而慢慢陷入环境围困的泥淖，他妥协着，"人生有些事是不得不做的，于不得不做中勉强去做，是毁灭；于不得不做中做得很好，是勇敢"。

叶弥的长篇《美哉少年》也是成长小说，这是作者追寻人类诗意生存的一个梦，"弟弟"身上如蝉一般蜕变的成长在李不安身上已经多了些许柔和的色泽。"弟弟"在商场博弈中成长，李不安在20世纪70年代的环境中完成灵魂叩问，对于后者，作者更多地透出一种理解和关切。成长不再是简单的伦理性命题，而是负载着大量复杂的历史记忆，包含着价值信仰的对抗与弥合。李不安带着瞎子平安重返家中时，他长大了，成熟了。

叶弥说："在所有的感情类型中，我最喜欢儿女情长"，而"一部作品，感情就是它的体温"。[6]儿女情长摇曳在字里行间，升高了作品的温度。《猛虎》中透过崔家媚和丈夫老刘两者间的对抗关系，透视男女间的生存境遇。《司马的绳子》中那条"拴住它的合适的绳子"是美丽温柔、皮肤白皙、轻颦浅笑的邢无双，还是不会持家、好吃懒做、贪图享受的上海女人呢？常人眼中对婚姻的评判在司马身上实属一场误会，吵吵闹闹的婚姻更能带来意想不到的长久。《郎情妾意》写下岗工人王龙官与那个"最命苦的女人"范秋绵之间令人感动的爱情。她身上散发出来的气息告诉王龙官：她是穷苦的，但是她对待爱情是无微不至的。她要尽力掩盖穷苦带来的卑微。

这些儿女情长充满了江南的格调，即便尖利冲突，也仍然掩盖在从容和清逸的质感里。《小女人》中的"凤毛今年刚三十岁，离婚一年，在一年当中她又失业了，她这种女人是无人问津的"。同大多数生活在大街小巷的普通女人一样，凤毛深深地感到"男人对她有很多种用途，是她脆弱的生命中不可或缺的"。可是，凤毛内心深处滞留着对爱情的向往，这种渴望根本无法从与她接触的两个男人身上得到实现。小女人一心一意地要把自己托付出去，但是却找不到可托付之对象，儿女情长一度陷入生存窘境和精神窘境。《小男人》写了一位家住小柳巷，上午十点钟仍躺在床上做春梦的叫作袁庭玉的南方男人。这个有趣的男人一直被动地选择着，"王秋媛见钱眼开，王南风是个荡妇，苏小妹越来越可怕，老郁的年龄让年轻男人不能启齿，他所能做的就是回到现有的生活中去"。

在叶弥大多数的小说创作中，她的桃源叙事方式基本上是平静而节制的，粗粝的图景上罩了一层理性的薄纱，就连风都是以温柔的形式存在，把眼泪的咸和生活的苦都淡化了。如果把这种叙事风格和自在、细腻的苏州文化牵扯到一起似乎不妥，叶弥本人也不会苟同："从小就四处为家，没有一个地方的文化能长久地驻足在我心里。"[7]

青少年时的苦难经历，因缘际会地成就了她后来叙述的冲动。身在江南名城的叶弥，仍然习惯于用目光凝视陈年往事，少年时的美好回忆成就了《美哉少年》等小说，而那些乡村桃源场景会猝不及防地浮现，变换着样子重逢在她的小说里。近几年叶弥的小说《月亮的温泉》《消失在布达拉宫的一头鹰》《恨枇杷》《晚风轻拂落霞湖》《向一棵桃树致敬》《沾露花粉》《你的世界之外》《桃花渡》都是取自桃源般的古朴农村或偏僻小镇的题材。《桃花渡》中描述的这种温情、平静，与大自然融为一体："我看见了黄得耀眼的黄昏里，一只手摇的小渡船，上面坐着一个人。我的心中又开始荡漾着爱情的愉悦。淡淡的愉悦，然而是纯正的。"

2014年8月获第六届鲁迅文学奖短篇小说奖的《香炉山》中，花码头镇的别样清幽，依稀可辨桃源原型的存在。

当大多数作家在城市的繁华和喧嚣中用笔冲撞奔突时，叶弥则把家安在了集镇和乡村接合部，从窗子朝外张望，能看到绿油油的稻田，还有白鹭。她每天侍弄花花草草，种种时蔬，喂喂鸡鸭，写写文字，享受桃源的恬然乐趣。

叶弥一直把自己隔离得很好。她糅合了传统和现代，囊括了乡土和城市，融会了青年的迫切和中年的沉稳，汇聚了女性作家温柔、细腻的心理气质特征和男性作家的磅礴力度。她厚积薄发，在拈花弄草和柴米油盐中修复精神家园，创作渐入佳境。

参考文献：

[1] 叶弥：《人心是世上最顽强的东西》，《长篇小说选刊》2006年第4期，第126页

[2] 叶弥、姜广平：《我太想发出自己的声音了》，《西湖》2008年第6期，第98页

[3] 叶弥、姜广平：《我太想发出自己的声音了》，《西湖》2008年第6期，第98页

[4] 叶弥：《创作自述——会走路的梦》，见《天鹅绒》，山东文艺出版社2004年版，前言第20页

[5] 何瑛：《你的世界之外：从大柳庄到香炉山——叶弥小说中的乌托邦实践》，《扬子江评论》2015年第4期，第40页

[6] 叶弥：《创作自述——会走路的梦》，见《天鹅绒》，山东文艺出版社2004年版，前言第20页

[7] 叶弥、姜广平：《我太想发出自己的声音了》，《西湖》2008年第6期，第102页

六编·

第二节　注定超越现实

简洁而清爽的直发，纯净而自然的眼神，这是叶弥留给别人的印象。她着装一向简单，尤喜棉质的休闲服装，柔和的色泽映衬着白皙的脸庞，使她看上去更加知性和恬静。她的十个手指在键盘上游走，思想驱赶文字，文字所能到达的地方神秘莫测，她说："一直自以为是地认为，汉字是世界上最合理、最可爱的文字，用它作为描写的载体，描写的对象就活了，就像在现场观看戏剧。"[1]

叶弥心平气和地阅读，心平气和地享受生活，顺便心平气和地把写作当成了职业。

她是个低调的女子，但注定超越现实。《成长如蜕》让她站到了文学制高点上，《香炉山》让她享有了更广泛的赞誉和影响。叶弥却丝毫没有一般人在突如其来的荣誉前的眩晕和自矜。她为人处事的境界恰恰体现于此：遵循天性，不拘泥于野心，真诚而专注地做自己喜欢的事情。苏州的小巷雅静而迷离，叶弥穿行其间，悠闲从容。她喜欢自己淡然的桃花源状态的生活方式，宁愿侧耳聆听细碎淅沥的雨声，也不愿承受世间聒噪的迎合。

红尘中的一切，叶弥看得很透彻，有时甚至表现出深知其真谛的不屑。她说："活在零零碎碎的今天，确实让人高兴。你要是安静着，就可以徜徉在黄河边上'静看鱼忙'，要是不想安静的话，可以骑在马上，学一学'乔治·钦纳里之奔逃'。一切是既确定又不确定的，所以我们无须对所谓的灵魂负责。"[2]

低调，是一种坦然，一种境界，一种成长轨迹中的智慧。她的低调，在媒体记者那里得到了验证。想采访叶弥比较难，大多情况下都会被她拒绝，因为她的思考都在文字这个层面展开和呈现。对那些明显带有赞誉和激赏色彩的评论文字，她在感激地阅读之后就粗心大意地忘却了，直到有一天，要收集关于她的所有评论文字的我问她时，她对没有刻意去收集而不能提供给我任何文学评论这件事表达了歉意。而我，则从她的低调中感受到了她的真诚。

十年前，我还在离叶弥很近的苏州大学读书，我把能够找到的她的所有小说都读了，我痴迷于字里行间透出的生命质感，领略到了其间难以说清的艺术情趣。凭借一己兴趣，我写了一万五千字的关于叶弥的评论，转送给叶弥看，她给我回复邮件说："十分惊讶一位年轻女士能写这么长而复杂的论文，反正我是不能够的。我很感谢你，你鼓励了我。"在和叶弥的交往中，她的只言片语往往能让我感受到她通情达理的真诚心地。我曾有幸编辑叶弥的文集，她又关切地问："让你费心了，做我的小说集是不是比别人麻烦？让你受不受委屈？"

叶弥的真诚是溢于言表的。叶弥自己把真诚看得非常纯粹，非常重要。她说："如果用写作的才能和真诚交换，我宁愿选择真诚。真诚给我带来天长地久的朋友，给我带来满足，让我对世界充满感激之心，让我淡化名利的欲望。我喜欢我写作之初的真诚，如果一定要改变，希望不要改变太多。如果我改变太多的时候，希望有人当面提醒我。"[3]真诚的个性让她在朋友面前表现出直率的一面。她时常会约三五知己去喝茶聊天。对有难处的朋友，她表现出特有的古道热肠。如有朋友手头拮据了，叶弥会非常仗义而自然地伸出友谊之手。她又是那么热情、冲动，行事难免有些毛毛躁躁。评论家施战军说她："是单纯到透明的那种"，叶弥言谈举止没有

·下编·

矫饰，"在七嘴八舌花言巧语的聚会上，叶弥的声音很少听到，但是一旦发出，往往一针见血，说不定就让某个正在得意于自己聪明的先生窘出一鼻子的细汗"。[4]

在一篇访谈中，评论者步步紧逼地发问，而叶弥会用"不能评价"的字眼来回答如何看待自己的小说，也会用"谁会拒绝您这顶高帽子呢？"来对待评论者的溢美之词。我看后忍不住笑出声来，这就是率真的叶弥，她的真诚绝不让她落入曲意逢迎的俗套。同城的作家荆歌索性把叶弥称作"修理厂厂长"，因为他曾被叶弥严肃地教导过不准嬉皮笑脸之类。这种所谓的"修理"背后有叶弥观察世事细节的独特目光，还有她淡然而宽和的微笑。

叶弥把她与世界的关系建立在文字基础上，"将一股激情压抑在看似平静的文字下，一缕缕一丝丝地透露出来"[5]。

有了文字依托，她用自己诗性的精神符码去解读这个世界，夯实了桃源叙事的情感根基。

叶弥和朋友们一起游赏太湖之中的三山岛时，她就去找那对很多年以前从上海来、身份和经历都很神秘的老夫妇攀谈，游历回来不久，她的小说《明月寺》就问世了，一个隐遁在世外桃源的爱情故事诞生了。还有一年，她去驾校学开车，结识了几个女子，那是有过截然不同的另一种都市生活修炼的女子，叶弥因此写作了《城市里的露珠》。

叶弥的父亲曾引领叶弥穿越了灰暗时代的隧道，他给予叶弥的影响很大。父亲祖籍无锡，出生于上海，20岁时响应号召到了新疆生产建设兵团。喜欢演戏和下棋的父亲忽略了那些岁月的颠沛流离，站在乌鲁木齐郊外的戈壁滩上依旧笑逐颜开。父亲结婚后就生活在了苏州，后来一直说着苏州腔的上海话或者上海腔的苏州话。再后来他携全家下放到苏北之后又回来，成了小有名气的企业家。他似乎不留恋任何地方，喜欢云游四方。叶弥也承继了父亲的这一点。不过，她并不向父亲的一些看法妥协。在她的很多小说中，时常有父亲那一代人的影子。《成长如蜕》《父亲和骗子》《美哉少年》等小说中有作为父权权威的"父亲"和宅心仁厚的"父亲"的影子，《司马的绳子》《天鹅绒》等小说也不忘捎带写上"父亲"几笔。长篇小说《风流图卷》里的"父亲"有着单纯、明朗的理想色彩。

写作让叶弥深谙现世三昧并内守其洞见的神秘，冷静练达与超然物外交叉并存，其深邃的生命体验与思索以及率真细腻的叙事智慧使她的小说一下子就显示出与众不同的厚重与魅力。有时候，你看不出这是一个来自温柔甜糯之乡的女作家的文字。她的视野很开阔，她的叙述非常老练，她的小说超出了我们对一个女作家的寻常想象。叶弥在《你的世界之外》中这样描写："老邬生气了，开了大门，赌气朝外面喊：'我不想发展，我不想前进。谁想抛弃我，尽管抛弃。'"老邬反现代性的姿态呈现了桃源叙事对现实困境的艰难突围。"我已知道，这里不是桃花源"，《拈花桥》中带有桃花源色彩的设定被现实击落。"叶弥用对人类的疏离，和对自然，甚至是超自然的亲近，建构了一个仿桃源般的，有点神秘，又一往情深的独立王国，以此来表明对于当下文明的某种程度的拒斥和否定。"[6]

娇小的叶弥让倔强霸气的导演姜文刮目相看，姜文觉得她"样子可爱，干什么都像，就是不像作家"。姜文把叶弥的《天鹅绒》改编为电影《太阳照常升起》。姜文阐述其改编此文的原因："叶弥的原著《天鹅绒》给了我很大震撼，它棒在哪儿？棒就棒在它把生活的本质赫然推到你眼前，什么来龙去脉都不存在，所有的解释都是人们在极度不安的状态下强加进去的，但生活其实往往没有绝对的理由。所谓的来龙去脉已经麻痹了很多人，我不敢在这方面再耽误大家的时间了，我只想表达对未被格式化的东西的深刻缅怀。"

叶弥低调、不喧哗，这还表现在她这个专业作家经营得很"业余"。她的写作状态丝毫没有挣扎命运的塞窘，也没有博取名利的强烈动机，这使她的创作更从容，更超脱，使她的文笔更轻逸，充满了"去留无意，漫随天外云卷云舒"的清淡。她的桃源叙事也更有耐心，不瘟不火，神闲气定，文气氤氲纸面，不知不觉间虚静尽出。

叶弥的作品数量并不多，短篇居多，不能言其丰，数量合计百万余的文字，不能称其茂。文字不见得丰茂，但成熟度却在许多作家之上。

2006年4月，江苏省作协首创性地提出了面向全国聘请"非驻会签约专业作家"制度的新举措，仅短短两个多月时间，就有来自全国的65位作家提出了申请。通过专家评审委员一年多的反复筛选和认真评审，叶弥正式成为江苏省作协第一批"非驻会签约专业作家"的二人之一。后来，叶弥跻身江苏省委宣传部"五个一批"重点培养人才。2016年12月，叶弥成为中国作家协会第九届全国委员会委员。

文学之路迢遥，迷恋自然纯净的叶弥，夯实了桃源叙事的情感根基。

参考文献：

[1][3] 叶弥：《创作自述——会走路的梦》，见《天鹅绒》，山东文艺出版社2004年版，前言第19页

[2] 叶弥：《看来看去或秘密交流》，《当代作家评论》2001年第2期，第77页

[4] 施战军：《关于叶弥：想到哪儿写到哪儿》，《山花》2004

年第11期，第17页

[5] 李佳：《文化皱褶中的人性宿命：论叶弥的寓言化写作》，沈阳师范大学2013年硕士学位论文，第40页

[6] 朱红梅：《让徒劳发生——也谈叶弥的小说》，见《文学报》2017年3月23日

· 下编 ·

第三节　实践叙事伦理

适逢文学与意识形态相对疏离时期，叙事和伦理成为小说文本得以存在的理由之一。刘小枫先生作如是说："伦理学自古有两种：理性的和叙事的"，叙事伦理学是"通过个人经历的叙事提出关于生命感觉的问题，营构具体的道德意识和伦理诉求"。[1] "叙事伦理有两种：人民伦理的大叙事和自由伦理的个体叙事"，"自由伦理的个体叙事只是个体生命的叹息或想象，是某一个人活过的生命痕印或经历的人生变故"。[2]

在人民伦理的大叙事里，或许有更多辉煌更多纵横捭阖更多高屋建瓴更多攻城略地更多英雄豪杰更多对民族命运的关注，而在自由伦理的个体叙事里，我想应该有更多平淡更多微不足道更多沉郁寡欢更多鸡毛蒜皮更多贩夫走卒更多对一个渺小的普通人的遭遇的关注。

叶弥依仗具有艺术特质的伦理叙事策略，通过桃源叙事使个体生命还原到本真状态，在叙事中追寻善意、温情和尊严——这些即便被层层遮蔽也依然散发熠熠光芒的美好人性。

可是不能牵强附会地说叶弥一直以来保持冷静而清醒的自由伦理的个体叙事姿态在文字间跋涉，因为"叙事伦理学，也可理解为是模糊伦理学，它拒绝进入明确的道德世界——尽管叙事伦理学也有自己的处理道德问题的方式，但它总归是反对把道德问题说得一清二楚的"[3]。

　　善意，可作为叶弥小说中叙事伦理最为突出的特点之一，也能作为评析她文本的关键性词汇。善意，就是道德良知的表现姿态，可以担当道德责任的根基，也许并不很牢固，却经常从道德的麻木和伦理的模糊中被唤醒。善良强调心地纯洁，是个纯粹定义的伦理语句；善意则指涉善良的心意，体现外指型道德向度的伦理精神。

　　叶弥用细腻的笔触构筑了一条小人物的走廊。那些形形色色的置身于特定的时空和不同的生活场景中的人物，有着微妙的内心情感，融入茫茫人海中的他们或许消泯了自身的记号，可是叶弥成功地从日常琐事入手，捕捉到了一大批坚忍的铭刻着善意的心灵。

　　叶弥在长篇小说《美哉少年》里的题记便是"献给所有的美好年华"。"美好"二字在李不安接受的善的伦理教义的基础上被放大了。短篇小说《司马的绳子》分明演绎的是一个漂亮贤惠又传统的女人邢无双的悲剧，她用足够的宽容去容纳别人，为此所做的大量牺牲颠倒了正常人的伦理判断。《郎情妾意》里的范秋绵打王龙官主意的时候，也只不过因为她知道这是个善良的男人，而且对女人会付出真情。叶弥小说里的善意保持了温和的面貌，人物消解了大奸大恶，模糊了上善若水的界定，即使是骗子也曾保持完美的幻影。在《父亲和骗子》中，骗子有他善良的逻辑，为了实现"骗"的目标，他极尽呈现"善意"的花样。那个姓冯的中年男子，敦厚老实的样子，他每天陪"我"的父亲喝茶，泡浴室，到园林消磨时光，父亲认为信任一个人就要对他不加防范和彻底尊重，老冯则运用了同情、理解、关怀和体贴等善意的性情。更耐人寻味的是，当他骗走了父亲十万现金时，还要好心地为父亲买吃的药，并留下了"按时吃药。开塑料厂能赚大钱。严防盗贼，切记切记！"的人生忠告。后来，父亲真的听了老冯的话，发了财。父亲在虚无中仍怀着对老冯的追忆与怀念。善意延续成了父亲对待一个叫小冯的骗子的慈悲，延续成他作为父辈关爱淘气后辈的心态。父亲认为："现在的骗子，算什么骗子？一点脑筋都不肯动，哪里像老冯。真是一代不如一代。"

面对善恶选择，在一种矛盾纠结的状态中发现自身。叶弥笔下很多主人公无论在消解了个人意义的年代里，还是在难以捉摸的现代图景中，都呈现出了价值的模糊区域，不能用规范的善良的道德框架来圈定。叶弥把善意作为人自身存在的基本的支撑，让我们心情平静地听取伦理劝诫。

温情，也是叶弥小说中呈现的潜在的叙事伦理。对人间温情的深情表达始终是叶弥近乎偏执地灌注到小说中的因素。她在一次访谈中说："渴望温情，是人类的一种共有的情感。"叶弥在叙事中缔结的温情情愫，虽然平淡从容，但是脉脉温情流淌在小说细节和营造的总体氛围中，可以给人以巨大的情感冲击力和道德感染力。

通过叙事呵护温情，是其小说的情感舒缓的所在。这种情感，源自内心，柔软而又微妙，在笔尖颤动中流转为亮色和暖调。短篇小说《明月寺》表现山里寺院，有一对极像老夫老妻的罗师傅和薄师傅之间的温情隽永，"只有一股像水一样的温情从眼神里流泻而出"。相濡以沫的点点温情分明是《去吧，变成紫色》里那杯热茶，"只要看两个人交接茶杯的时候那种含情脉脉，仿佛天地不存在了"；分明就是《葛秀英》里老实的男人在老婆的腰里摸的那一把；分明也是《枕边游戏》中母亲对着负气的女儿，嘴角漾开的笑容；分明也是《月亮的温泉》里万寿菊面对光怪陆离的世界，固执地要寻回丈夫为她捶捶背的感觉；分明也是《香炉山》的温情故事，"苏讲完了这件温情的乡里故事，我心里有些安定：这些都是心地善良的人啊"！

在社会的伦理冲突之下丧失稳定心态的人们却在温情的世俗中获得宽慰和救赎。《水晶球》中描写了20世纪50年代两个受过劳改的男人的友谊——特殊年代独特的友谊。"世界上有一种友谊，两个人萍水相逢，结果却生死不渝。"这种温情不是对苦难的伪饰，温情的氛围不动声色地冲淡了记忆的沉重色调。当把精神和物资匮乏的年代推到话语的背后，整个叙事便洋溢了温情的伦理气息。我们还可以感受到《美哉少年》中真诚而自由表达的温情化叙事氛围，无论是父子冲突、李不安的流浪经历，还是老刺猬、平安以及唐寡妇的生命状态，都充盈了存在的宽容。

叶弥笔下的温情与她浸润着的江南的文化相关。江南文化的"水"性特征造就了其智性、温情、细腻、内敛、柔美、哀婉的审美取向。叶弥的短篇小说具有智性、内敛、诗意的艺术品性，但在对世俗生活的体验和理解中，除了温情，叶弥似乎疏于安置江南风格的其他特质。

尊严是叙事伦理中一个牢固的主题，是可以放大存在的一种心灵的表征。叶弥寻觅着人生存和活着的骄傲与尊严，对尊严的吁求散布在她干净而纯粹的小说语言里。"语言的悖谬在于，那些拥有各种精致的叙事结构或语体的作品是最不能叙事的。"[4]好在叶弥不刻意设置叙事的迷宫，没有让整个阅读的过程变成曲折的"猜谜"过程，她只是铺设明净自然的线条呈现叙事伦理的向度，她作品中人物的精神内质隐含了她对人的生命个体自由发展的尊重。《美哉少年》和《成长如蜕》中的少年因为对人性内涵迷惘而产生焦虑和不安。李不安和"弟弟"选择的逃离经受着内心焦灼和无奈的驱使，他们的逃离卸不掉自尊的人性铠甲，只好重新踏上归途，在现实的世界中重新寻觅内心的救助。

我们把目光投注到人物命运的偶然与残缺上，会发现小说中美好的愿望与人被庸碌日子裹挟之间的矛盾。《我的天空》中徐明和"我"的父亲为那一片蓝天献出了生命，但他们的生命却在毁灭的那一瞬间充满了尊严、激情和诗意。《闲来无事》里彭建明是个极有自尊的农民，他因为"闲来无事"而到城里串亲戚，感觉两手空空回家会被笑话，就要了一盏玻璃罩面的小台灯回来，维护自尊的后果是绞尽脑汁、大费周折地拉电的举动。《老王的假日》中到了五十岁的老王感觉人生没有波澜，所以趁着假期老王觉得要做件重要的事情——去造炸药，潜意识里他寻觅的是人之所以为人的自尊和特别。这都是一些被庸碌的日子裹挟着走的人，安于生命的欠缺，但其展示出来的生存戏剧却又极其丰富。

叶弥依凭女性自我的悟性，突破女性私语的局限，对散落在卷帙中的女性的尊严和灵魂给予了善意的关照。全金一味寻找生命中真实历史的尊严（《现在》）；那个叫葛玉珠的要饭女人在寂寞的无边无际的夜里，对着当了多年烈士遗属的乔麦婶煞有其事地编造了她有个体贴有加的丈夫的谎言，生活就用这种方式替她的自尊作了补偿（《霓裳》）；傅湘云竭力为女工们争取权利，增加了一张上厕所的通行证——黄帽子，也为大家在台湾女老板面前博回了一点微妙的尊严（《黄帽子》）。

一个女人起码的尊严在那些迫于生计而做"特殊职业"的女性身上依然呈现。《水晶球》中王三三过上了接待男人要酬金的生活后，没有自尊的生活让她的牙齿越来越尖锐，她生命中最灿烂的一章就是两个经过"劳动改造"的男人和她之间的温情故事，充满了尊严的爱和诗情的美。《蔡东的狩猎》中的小梅作为蔡东的情妇，也是发现了自己的尊严所在，所以才能心平气和地面对现实。小梅给她妈妈打电话时把蔡东和他的官场朋友称作"那帮子可怜的人"，这句从小梅嘴里说出的话，足以引发我们的思考。

在《猛虎》《天鹅绒》《小女人》《钱币的正反两面》《桃花渡》《香炉山》等小说中，各种各样的女人有着形形色色的命运，但她们身上都渗透着女性主体自觉的意识和尊严，体现着一定的伦理向度。"面对当下日渐肤浅而轻松的写作处境，叙事的伦理向度应该成为一个新的尺度，以保证写作的精神重量。它不以简单的道德评价出现在写作中，而是以生命对一个人生活际遇的理解贯穿写作的始终。"[5]

叶弥一直试图通过小说将生命个体活过的轨迹和人性复杂神秘的质感演绎出来，她无意中呈现在文本里的人文情怀实际上成就了叙事伦理的建构。叶弥反复强调的就是人道主义伦理所阐释的："没有任何事物比人的存在更高，也没有任何事情比人的存在更具尊严。"[6]

纵观叶弥的小说创作，叙事活动就像是勘探暧昧智慧的一整套"隐喻符号"：

"这世界到底会发生什么，谁也不会知道。"（《水晶球》）

叙述者无法知道往事，《明月寺》里的"我"只能隐隐约约感受到"那似乎是与宽宥，与赎罪，与等待……当然，那一定是与爱，与恨，相关联的"。

《成长如蜕》中的弟弟最终知道，"人生有些事是不得不做的，于不得不做中勉强去做，是毁灭；于不得不做中做得很好，是勇敢。"

即便知道，也不必认真感受，《佛手》暗示我们"生活的底色是淡淡的金色，仿佛没有了痛。或者有痛，可是我们不需要认真地去感受"。

叶弥在尊重个体生命和人的自由发展、尊重生存的前提下，保持道德选择的多元性，中止了关于对与错的传统的普遍性道德判断。

当凤毛拦腰抱住董长根时，这个男人说："不要怎样，和以前一样。你想想，我们能怎样？"凤毛想，董长根的话是对的，也是错的。她现在只能认为他是对的。（《小女人》）

是对是错呢，我们不能衡量也无法衡量，《无处躲藏》中的男孩子凉最后向爸爸妈妈说"我错了"，而《司马的绳子》的结论是"世上所有的判断，几乎都是有错的"，最终，我们会发现《粉红夜》里有最经典的伦理姿态："有一点是肯定的：谁都没有错。"

有些事，说还不如不说。所以，"天是空的，地是空的，唯独剩下袁庭玉和他的一树浅绿梅花。等到天黑尽，又等到无人声，梅花在一阵风里'簌簌'一响，落下一地的花，袁庭玉才在椅子里动了一下，说：'天知，地知，花知。'"（《小男人》）

"那老僧云山雾罩快乐地说，我不懂什么叫'回来'，也不懂什么叫'不回来'……"（《桃花渡》）

世间本没有绝对的善恶、对错、是非、真假，所以叶弥遵从基于人性的伦理建构，坚守她的善意、温情和尊严，让我们感受她强烈的伦理关怀。就像叶弥在一篇文章里所说的："我发现写小说成了我的另外一种梦，一种会走路的梦，你不知道它将带你到何方去。"[7]

参考文献：

[1]刘小枫：《沉重的肉身——现代性伦理的叙事纬语》，华夏出版社2004年版，第7页

[2]刘小枫：《沉重的肉身——现代性伦理的叙事纬语》，华夏出版社2004年版，第10页

[3]谢有顺：《铁凝小说的叙事伦理》，《当代作家评论》2003年第6期，第27页

[4]朱大可：《燃烧的迷津》，学林出版社1991年版，第107页

[5]谢有顺：《铁凝小说的叙事伦理》，《当代作家评论》2003年第6期，第24页

[6] [美]弗洛姆著，孙依依译：《为自己的人》，生活•读书•新

知三联书店1988年出版，第33页

[7]叶弥：《创作自述——会走路的梦》，见《天鹅绒》，山东文艺出版社2004年版，前言第21页

·下编·

第四节　捍卫尊严力量

——由叶弥小说《天鹅绒》说起

一个很穷很穷的乡下女人，她穷得连双袜子都没有。这也许没什么，偏偏她是个自尊心非常强的女人，偏偏另一个女人背后嘀咕她："连袜子都不买一双，敢情真想做赤脚大仙？"这个乡下女人思来想去，竟把儿子的几个学费揣在怀里，不顾一切地朝集市上走去。叶弥的小说《天鹅绒》就从这个乡下女人的偏执举动开始，构建了一个寓言式的生命情境。

细读《天鹅绒》，一个最突出的感受是，作家通过关注人在苦难现实中的生存状态，寻找人的生命本质的有力支撑，对"尊严"二字发出了强烈的伦理吁求。

从叙事伦理的视角出发，尊严可以作为体现文本伦理精神的关键性词汇。穷苦的乡下女人李杨氏不能不拥有一双袜子，这是尊严的护卫；当儿子的学费变成了两斤猪肉，猪肉又莫名其妙地丢失了时，我们能预见穷女人心灵错位后的情状。穷女人一直在骂谁偷了她的猪肉，这一骂好多年，这是因尊严訇然倒地而表现出的神经质。穷女人有一天清醒了，她不知道自己能清醒多少时候，赶紧梳了头，洗个澡，穿上鞋子，急急忙忙地跳河了。这是一个不能没有自尊的不肯自暴自弃的女人。穷女人的儿子叫李东方，他和下放到村里的唐雨林的妻子姚妹妹好上了。从未见过天鹅绒的李东方想要知道什么是天鹅绒，否则死不瞑目，于他而言，自我的捍卫和自我的崩溃同时进行着；唐雨林在李东方自信而果敢地说出答案后，端起枪，以迅雷不及掩耳之势，一枪打死了李东方。唐雨林为维护家庭的尊严找到了机会，其实这个机会眼看就要被他放弃了。

"尊严"在这个简单的叙事过程中被放大了。

康德说："一个有价值的东西能被其他东西所代替，这是等价，与此相反，超越于一切价值之上，没有等价物可代替，才是尊严。"[1]尊严是不可替代的，也没有什么能够轻易地替代它。叶弥意识到了这点，她始终强调人性的尊严，写普通人的"道德平庸"，发现人性的弱点和道德的残缺，呵护那些在生活中有着真切生命体验的孤独个体。

纵观叶弥的小说，你会发现作品中人物的生命状态通常是在与环境的碰撞中竭力完成对自由意志和尊严的捍卫的，为此，他们常常表现出孤注一掷的性情和偏执的生活态度。在那个题目都洋溢着忧伤的小说《两世悲伤》中，主人公李欧表现出对金钱和权力的掌控，对身边男人和女人的征服，表征的冷酷和无情实则暗含了他的隐情，小说向我们揭示出李欧所作所为的至深心理动机是洗刷小时候的屈辱，博取一个人存在的尊严；《找王静》中的主人公在小学五年级时，因为新来的班主任在同学们面前故意羞辱他，他的尊严受到伤害，从此功课一落千丈，患了自闭症；就连那个可爱的听话的小女孩——《粉红夜》中的十岁的女儿，也竟然在比萨店里大庭广众之下，用刀把自己的手指锯伤了，原因只是她没被老师选上"秘书"。

孤注一掷更体现在《黄色的故事》和《粮站的故事》这两篇小说里。故事都发生在20世纪70年代，胆小、结巴而且脑子不太好用的舅舅和侯小刚的死亡极其相似。《黄色的故事》中外公的太爷爷、外公的爷爷、父亲、外公都在祖传的黄色小册子《无羁室宝鉴》的阴影中生活过，舅舅只好秉承着延续的压力。《粮站的故事》里侯小刚听到王小胖说"你爹偷粮站的米"，他感受到了尊严被损的恐慌。舅舅触电而死，侯小刚伴随着梯子慢慢地从天空中坠地而亡，这种不幸源于生命个体本能地维护尊严的虚弱。

再扯到《天鹅绒》吧。尊严被放置在自然欲望和生命冲动中，每个人在走向自己的目标时都带有"孤注一掷"的冲动，无论是为了一双袜子，还是为了纠结不清的"天鹅绒的样子"。小说中并不存在通常写作中该有的偷情的战栗和惶恐，也不存在灵魂困兽般的惊惧和挣扎。一切都自然而然地发生，接近了自我真实的原生状态。其实，人的存在不仅仅向外部世界追求生存的需要，也向内心深处探索存在的意义。向外寻求一个位置一种身份，投影到内心便是尊严的获得和维护。

夜半，唐雨林回到家，愣在窗口，他听到了两句话。第一句是姚妹妹说的"我家老唐说我的皮肤像天鹅绒"，第二句是生产队小队长李东方说的"我要做你用的草纸"。华丽高贵、手感柔软的天鹅绒与粗俗低贱、手感粗糙的草纸，两者纯属泾渭分明的大雅和大俗的两样事物。"天鹅绒"的诗意和"草纸"的通俗，象征着姚妹妹和李东方好上了是一件多么不同寻常的事件。

接下来叶弥所要表现的是一场天鹅绒的"审判"。"法庭"上不存在严刑逼供，也没有暴力冲突，有的是以柔和言语为特征的互相缠绕不清的"审判"。同为"法官"和"当事人"的是从不伤害好人的唐雨林，他是"侠客"，铁石心肠和悲天悯人同时存在。"被告"是细长的眼睛里流露出对什么都认真的样子的李东方，他的神态坦然并流露出真实的迷惘。"被告人"没有百般狡辩，他的供述简洁而明确，他不卑不亢不温不火地承认罪行，仿佛是说一件与己无关的事。同时，"被告"提出了疑问："什么叫天鹅绒？"

天鹅绒式缺乏暴力风格的审判围绕的重要物证就是"天鹅绒"。

天鹅绒是从姚妹妹嘴中说出的。姚妹妹到了四十岁还是那种会赌气、会俏皮、会耍赖的小女孩性情。当她说自己的皮肤像天鹅绒时，话语中暗含了轻视对方尊严的微妙。这句话分明和李东方到姚妹妹家做客时听到的话语如出一辙，姚妹妹当时说的是"你们这个地方真是野猫不拉屎的地方，什么东西都没有。我保证你没见过小笼汤包和虾仁烧卖"，李东方无比神往地问虾仁烧卖是什么东西。

李东方至死都要明白天鹅绒到底是什么，说不准他在寻找答案还是在寻求尊严，其中表现出来的内心的坚忍，仿佛暗示着他内心力量的增强。这场戏剧性的审判让两个男人专注于同样的事物——"滑溜溜的一种布料，有点像草地，有点像面粉"。"法官"忙于教，"被告"忙于学，一个教不会，一个听不懂。唐雨林的心开始变得柔软，他也许就要选择放弃。他辗转于苏州、上海和北京等地，苦苦寻觅天鹅绒，却一无所获地回来了。

李东方在内心完成了一次循环论证：天鹅绒就跟姚妹妹的皮肤一样。侠骨柔肠的唐雨林对着李东方开枪了，自己随即进了监狱。疯女人的儿子在一刹那间驾驭着自尊滑到了生命的边缘，让我们看到了自尊失控之后的灿烂和沉重。尊严，超越了死亡，变成了一种精神的飞翔。

叶弥写《天鹅绒》之前，她一心想做一个尝试，即让小说的故事与现实产生距离感，"透过那些看似偏离俗常、荒诞意外的情景设置，我们看到了生活的本质、人性的真相"[2]。还有一个人也被这种想法所激动，或者说被打动，他就是那个富有个性的导演姜文。

一对夫妇——唐雨林和太太在20世纪70年代被下放到农村改造，妻子与年仅20岁的生产队小队长李东方产生了婚外情……这是姜文拍的电影《太阳照常升起》，改编自《天鹅绒》。整部影片呈现出一种超现实的影像，一个云山雾罩的村子，村里的房顶上开着鲜艳的花，动物色彩绚丽，路上铺满了白色的沙子，影片的梦幻感趋向极致，这种梦幻契合了叶弥最初做个"尝试"的念想。

《太阳照常升起》改编自《天鹅绒》，但其中其实分为四个故事，由《天鹅绒》改编而来的只是其中的一个。我想说的是，影片和原著都在寻找着人生存和活着的骄傲和尊严，伴着人性被缓缓揭开之后的惊悸与疼痛。影片中梁老师被当作摸了女人屁股的流氓而受到追打，这个很有尊严的男人没了尊严。他被洗清罪名后，却以一种超然的姿态吊在了开满蔷薇花的石拱门上，含笑而死，他以这种无声的方式找回了一度失去的尊严。

尊严的捍卫带来沉重，更多的是带来灿烂，无论是影片中的还是小说中的。

一直在选择自己独特的批评写作方式的文学批评家谢有顺认为："尊严，它是存在的品质，是写作的光辉；是名利无法动摇的，是死亡无法消灭的，是过去的光荣，现在的勇气，将来的希望。我们时代还有什么需要，可以大于对尊严的吁求呢？"[3]

在生命本性与自由意志的基础上捍卫尊严，带给我们更多视野和经验之外的思索。更耐人寻味的是，在《天鹅绒》的结尾处，叶弥把两句情话相提并论。"公元一九九九年，大不列颠英国，王位继承人查尔斯王子，在与情人卡米拉通热线电话时说：'我恨不得做你的卫生棉条。'这使我们想起若干年前，一个疯女人的儿子，一个至死都不知道天鹅绒为何物的乡下人，竟然说出与英国王子相仿的情话：'我要做你用的草纸。'于是我们思想了，于是我们对生命一视同仁。"[4]

小说行于所当行，止于所当止。

参考文献:

[1] [德]康德著，苗力田译：《道德形而上学原理》，上海人民出版社1986年版，第87页

[2] 齐红：《女性文学与文化：叶弥研究》，《苏州教育学院学报》2016年第1期，第52页

[3] 郭名华：《叩问存在：文坛守望者与精神坚守者——谢有顺的批评姿态》，《当代文坛》2005年第2期，第21页

[4] 叶弥：《天鹅绒》，山东文艺出版社2004年版，第384页

·下编·

第五章　梦里花落知多少

——以《人面桃花》和《受活》之比析为个案
解读桃源梦寐与幻灭

　　2004年，格非的长篇小说《人面桃花》和阎连科
的长篇小说《受活》均由春风文艺出版社出版，两部
作品一经问世，皆引起中国文坛的普遍关注并连获了
一些文学大奖。

　　我们不难在《人面桃花》和《受活》的文本中，
察觉到中国传统文化的基因在21世纪依然在发挥着不
可磨灭的作用。陶渊明的桃源梦一直抵达当代作家的
心灵深处，所以先锋派的代表作家格非和军旅作家阎
连科不约而同地在鸿篇巨制中，建构起以"桃花源"
为底本的中国乡土乌托邦，表达其在现实和历史空间
里对"桃源"的苦苦寻觅。

　　耐人寻味的是，《人面桃花》的桃源梦是清脆
的，如金石之音，就像小说中描写那瓦釜发出的琅佩
相击之声，"这世上竟还有如此美妙的声响，好像在
这尘世之外还另有一个洁净的所在"[1]，这个所在就

133

是清晰的桃花源境界。而《受活》的桃源梦是沉闷的，掷地有声，就像小说中受活庄人在山梁上种地寂寞时，唱的解闷儿的受活歌"地肥呀哦要流油/麦粒儿重得像石头"[2]，桃源般的"天堂地"就是受活庄人对美好的寄托。

两部作品均以桃源为载体，在复活一个桃源梦想时有极大的相似性；在模糊历史背景、抒发桃源梦遭到现实重创的痛苦无奈时彼此呼应；在表现桃源梦想的幻灭时，都不由自主把回家当作桃源梦灭后无可回避的必然性选择。

两部小说都是涉及中国乡土"乌托邦"的主题，围绕传统桃花源意象进行书写的小说。但又因为小说中的"桃源梦"疏离了初衷，不断走向背离，走向破败，所以这两部小说也是解构桃源的叙事小说。

因此，从这种意义上来说，《人面桃花》和《受活》皆被评论家视作"反乌托邦的乌托邦小说"。

参考文献:

[1] 格非：《人面桃花》，春风文艺出版社2004年版，第68页

[2] 阎连科：《受活》，春风文艺出版社2004年版，第472页

第一节 人面·桃花·转头空

"在写作中，岁月的流逝使我安宁"[1]，格非在小传中曾作如是说。10年沉寂的时光让他从现实和对故乡江苏丹徒的回忆中获得了难以言传的经验，传达了对人生和世界的独特理解，形成了一个"桃花源"的梦。

格非将小说取名为《人面桃花》，显然会使人首先联想到唐朝诗人崔护的《题都城南庄》，其诗云："去年今日此门中，人面桃花相映红。人面不知何处去，桃花依旧笑春风。""人面"和"桃花"成为小说中承载和展现人的命运和时间空间的两个意象。"人面"，代表了人的存在，指涉那个拥有桃花般容颜的江南女子秀米。"桃花"则是中国古典诗词曲赋中俯拾之意象，在这部小说中其意义代码直接指向世外桃源，或者理解为人的外部存在。于是，人生如梦的恍惚感充溢了整个文本，细腻、典雅、纯粹、精致的语言使人物、情节和环境弥漫了诗意，其文字古典诗性的酝酿和发酵似乎紧步作家废名的后尘，这也许与格非写作博士学位论文《废名的意义》略有关联。

"格非自认为是带有隐逸色彩的人，一直希望能重写陶渊明的《桃花源记》，想逃脱这个时代来写人类命运，以及对这世界的感知。"[2]他心目中的这个"桃源"后来便与一个女子的成长历程以及她的传奇故事联系到了一起。

　　《人面桃花》以"父亲从楼上下来了"开场，不动声色地形成了一种有机的"时空意象"，楼上曾经发生过什么，下楼又意味着什么？充满了变数。疯子父亲陆侃留给秀米的最后一句话竟然是"普济马上就要下雨了"，又是不动声色的隐喻。变幻莫测的时代里，内忧外困的社会局面中，普济已是"山雨欲来风满楼"。正被初潮困扰着的秀米抬头看了看蓝幽幽的天，在这个光绪二十六年的春天，内心堆积了疑团。

　　秀米无法搞清楚父亲发疯的真正原因，家中女佣翠莲告诉她父亲发疯是一张桃源图惹出来的事，私塾先生丁树则告诉她父亲相信"普济地方原来就是晋代陶渊明所发现的桃花源，而村前的那条大河就是武陵源"[3]。十五岁的秀米在父亲离家出走的夜晚，不明白普济以外的世界正在发生什么，可是她的内心已经播下了一颗梦想的种子。如果不是遇到从东洋留学归来的张季元，这粒种子也许不会枝繁叶茂地长大。

　　张季元来普济是为联络"蜩蛄会"会员，密谋造反生事，以期实现"天下大同"。张季元扰乱了秀米的生活，甚至使秀米产生了父亲没有离去的幻觉，使她感觉这个人和他带来的一切只是"胡思乱想的念头的一部分"[4]。张季元为"革命"献身后，留下了日记，让秀米顿感身外缄默的世界"像突然间打开了天窗"[5]。

　　秀米在花轿上被土匪劫持，来到花家舍。"花家舍"是小说除了"普济"之外的最主要的叙事环境。在这里，秀米得以解开心头一个个的谜团：父亲砍柳植桃，要把普济变成桃源的冲动，张季元执着的大同信仰，原来都与眼前花家舍的生活呼应着。土匪总揽把王观澄劫富建岛，精心建造了一个人人称羡的世外乐土。秀米觉得王观澄、张季元，还有不知下落的父亲似乎是同一个人，父亲的桃花源梦和张季元的大同世界在花家舍变为了现实，"花家舍人人衣食丰足，谦让有礼，夜不闭户，路不拾遗"[6]，这是《人面桃花》

中唯一的现实层面上的桃花源，一个已经付诸实践了的与世隔绝的理想社会，这也变成了日后秀米在普济实现梦想的样本。

秀米从日本回到普济，聚集了一帮人马，成立自治会，搞"放足会"，准备设立育婴堂、书籍室、疗病院和养老院，还要修建水渠，开办食堂。她甚至打算设立名目繁多的部门，包括了殡仪馆和监狱。当年她的父亲被罢官，回籍后整日沉湎于桃花虚境之中，如今秀米"想把普济的人都变成同一个人……全村的人一起下地干活，一起吃饭，一起熄灯睡觉，每个人的财产都一样多，照到屋子里的阳光一样多，落到每户人家屋顶上的雨雪一样多，每个人笑容都一样多，甚至就连做的梦都是一样的"[7]。秀米追逐的"桃源"理想图景如此诱人，但付诸实践的过程却犹如一个人装上翅膀拼命飞翔，又在期待与失望的落差中不断挣扎。秀米的一系列活动和努力都看不出成效，秀米无精打采。她突然把自己的计划废除，把自治会牌子摘下，办起了普济学堂。

对有限时空超越的梦想很难得到满足，这就是人的本质，也是人的宿命，所以人生满载了焦虑和痛苦。秀米被囚后，她反而觉得"失去自由后的无所用心让她感到自在"[8]。等到秀米获释回到家中，她一言不发，开始钻研植物农学，种草植花。

桃源梦真的会像烟一样，能被风轻易吹散吗？乌托邦的玄想真的囿于现实而遁迹了吗？格非在秀米余生又设置了一次对现实的超越。没有实现的桃源梦在百年不遇的旱灾中又一次被唤醒，噤口不语的秀米开始说话，她组织施粥给老百姓，引导人们合力战胜灾荒。村里男女老幼井然有序地等待分粥的情景，让她想起了那些沉于虚空的想象、脱离现实的幻影，还有父亲出走时所带走的"桃花梦"。

人本来置身于历史之河，沉浮间与历史关联纠结。格非有意设置叙事的迷宫，使得历史之河的轮廓模糊，人和人为的事情也神秘莫测，充满了偶然性的遇合。梦境无常，被历史的手轻易打碎。时间的模糊性指向了虚无和幻灭，这个女子命运的传奇成了一则历史中人的寓言——虚无的诡秘的乌托邦式的寓言。

《人面桃花》中每个人物都影影绰绰，潜入隐晦、暧昧又混沌、破败的生活中，从而让我们难以厘清和界定人物行为方式隐含的现实意义。生活场景中的每一处、每一个物件，也都同样设置了含蓄隐晦的谜面，暗示着这个世界的神秘与浩大。秀米家后院的阁楼、净手洗面的瓦釜、锦盒里的金蝉，都是小说中反复出现的意象。就以阁楼为例，父亲在阁楼上凝视着视若珍宝的桃源图发疯了；修缮烧毁的阁楼招来花家舍乔装的木匠和泥瓦匠；此后张季元占据了阁楼，整夜整夜亮着灯；秀米从日本回来，径直住进青苔滋生、葛藤疯长的阁楼，行为方式和当年的张季元一样；出狱后的秀米把阁楼当作了息影之所，在悲哀的包围中唯独这里带给了她想象中的宁静。

"生命中的一切都是卑微的，琐碎的，没有意义，但却不可漠视，也无法忘却。"[9]无论是父亲、张季元、王观澄还是秀米，虽然境遇不同，但是他们朴素的桃源梦想最终还是都跌落到了纷乱而甜蜜的人世间。相信，生命中的每时每刻，最平常的琐事，最渺小的物件，在他们回转身时，会因时光的无法倒流而被寄寓珍贵的价值。

2004年11月份，在苏州大学的"小说家讲坛"上，我看到格非头上那被很多人调侃过的白发。他没有刻意去把头发焗成黑色，正如他的文风，透着真诚，切合着他近些年来对文学始终保持的纯粹而严肃的态度。

与其他作家的桃源叙事小说相比，格非的桃源意象更明朗清晰具体，只是其意象本身消解了宏大的意义，与之休戚相关的是欲望的渗透、冲动的预留和情感的诉求。

·下编·

　　《人面桃花》"为求证人类的梦想及其幻灭这一普遍性的精神难题敞开了一条崭新的路径"[10]。

参考文献：

[1] 格非：《迷舟》，作家出版社1989年版，第1页

[2] 蔡淑华：《生存的残酷与妩媚——专访小说家格非》，《当代作家评论》2006年第6期，第159页

[3] 格非：《人面桃花》，春风文艺出版社2004年版，第12页

[4] 格非：《人面桃花》，春风文艺出版社2004年版，第79页

[5] 格非：《人面桃花》，春风文艺出版社2004年版，第78页

[6] 格非：《人面桃花》，春风文艺出版社2004年版，第129页

[7] 格非：《人面桃花》，春风文艺出版社2004年版，第201页

[8] 格非：《人面桃花》，春风文艺出版社2004年版，第231页

[9] 格非：《人面桃花》，春风文艺出版社2004年版，第246页

[10] 谢有顺：《革命、乌托邦与个人生活史——格非〈人面桃花〉的一种解读方式》，《当代作家评论》2005年第4期，第95页。这是谢有顺在格非的《人面桃花》获得"华语文学传媒大奖·2004年度杰出成就奖"时，为之撰写的"授奖词"中对《人面桃花》的评价，原载《新京报》2005年4月9日

第二节 天堂地·散日子·受活歌

每一个村庄的历史都是相似的，在纯粹的农业社会里，祖先任选一处岑寂的田野荒原，一个村庄便开始了。"古代中国是自给自足的农耕社会，以土地为基础而发展出稳定的伦理秩序和安土重迁的乡村生活。"[1]

受活庄有点例外，传说源自洪武至永乐年间明王朝的晋地大迁徙。移民大臣胡大海为报答耙耧山脉一聋哑老妇的施舍之恩，就让她和一个盲人、一个瘫子留了下来，叮嘱他们"耙耧山脉的这条沟壑，水足土肥，你们有银有粮，就住在这儿耕作受活吧"[2]。四邻八村，乃至邻郡邻县的残疾人渐渐都拥了过来，人人适得其所，自得其乐，因此，村庄就叫了受活庄。

受活是北方方言，在北京话里就是"爽"的意思，耙耧人最常使用，有快活、享乐、痛快淋漓之义，在阎连科的小说《日光流年》中，女主人公竹翠畅快地说："今夜儿我才知道女人也有这么受活的时候哩，才明白人活着果真是好哩。"[3]"受活"在这里蕴藏了一名乡野女子对床笫之欢的感叹，代表了性爱的狂欢和自然的活力。阎连科索性在小说《受活》中把一个遗世独立村落冠之以"受活"的名字，受活这个意象代表的是自由自在的生活情境，自得其乐又自给自足的生活状态，也暗含了苦中有乐、苦中作乐的意思。受活的感受同时也是寻找幸福的生活状态的过程。

说到底，受活是这世界以外的一个村落，几百年过去了，没有哪个郡、哪个县愿意把受活规划进他们的地界里，受活庄也没有给朝上、州上、郡上、府上、县上交过皇粮税。受活庄超越于世界和历史之外，变成了鲜为人知的"桃花源"。这与陶渊明书写的史前的"桃花源"有惊人的相似之处：同样的"黄发垂髫，并怡然自乐"；同样的"与外人间隔"；同样的"问今是何世，乃不知有汉，无论魏晋"，受活庄人在社会主义改造的巨大声势中，根本不知道全天下人都已解放了。

"这个受活庄的创始神话一开始就以正史和传说真假难辨的方式，把健全与残缺、统治和逃逸、约束和自由、国家和自治等诸种主题纠缠在一起，也预示了它在以后的漫长历史过程中与国家权力规约之间盘根错节的关系。"[4]

阎连科几乎是出于本能，他对民间语言和方言俚语的运用具备奇特的再造性写作经验。他在述说受活庄的演变史和受活庄人的生存史时有意识地以一种类似于加注解的"絮言"的方式叙事，絮言部分甚至占了小说的三分之一篇幅。从形态学角度考察，在现代小说中，语言的意义早已超越了语义修辞的层面，进入到一种混合着创作者主观心理体验和独特的传导方式的复杂多元的胶着状态。[5]相对于韩少功的《马桥词典》通过一个个有特色的马桥词条以及其背后的故事来体现语言哲学思想，阎连科应该说是更加别出机杼，在抒写受活庄的历史和传说时，他运用"絮言"铺展出了一条受活庄的历史脉络。有着强烈地域色彩的方言俚语、民间比喻带来了河南耙耧地区的乡土气和人情味，这不能不令我们感受到身处都市的耙耧山之子——阎连科心中那不能释怀的情结。

阎连科从文多年，目光依然徜徉于贫瘠而闭锁的耙耧山脉，他说："只有心灵中的故土和文化，才能使作品有弥漫的雾气，才能使作品持久地有一种沉甸甸、湿漉漉的感觉。"[6]难以释怀的乡土情结和悬浮的灵魂促使他写作了《年月日》《日光流年》《受活》等小说。《日光流年》中的主人公司马蓝经历了当代中国农村人所经历的一切苦难，他最大的梦想是让三姓村人过上世外桃源式的自由生活。《受活》中的核心人物茅枝婆也是把过上桃源生活，种天堂地，回到"散日子"作为奋斗的目标。"天堂地"是小说中的一个关键词，是如天堂般令人向往的田地。受活这条沟谷土肥水足，"村人都在田里，一边劳作播种，一边悠闲收成，日子过得散淡而殷实"[7]，这种散淡无束的日子又叫"散日子"。

与"散日子"相对的是"洋日子"，前者叙事依托絮言，后者的叙事才构成了正文。所谓"洋日子"的事情是现实中发生的确确实实的事情，但真正呈现在我们面前的却是融现实与梦幻、真实与荒谬、隐喻与寓言、乡土与现代于一体的叙事。

处于世界之外的受活庄，当它刻意地走向外部世界，就接近了世界荒谬和残酷的一面。所以桃源中人特意叮嘱无意中闯进来的武陵渔人"不足为外人道也"。

这是一种深刻的真实，真实的东西的本质是需要人透过现象去感知的，阎连科在《受活》代后记中写道："真实并不存在于生活之中，更不在火热的现实之中。真实只存在于某些作家的内心……现实主义，不存在于生活与社会之中，只存在于作家的内心世界。"[8]《受活》成了"超越主义的现实"[9]的文本，其中的真实不是寻常意义的真实，而是艺术的真实和内心的真实。大量的场景和细节描写具有逼真性，同时又具有荒诞性和虚拟性，阎连科巧妙地平衡了现实世界与超越主义的现实之间的比例关系。

在真实与虚幻之间，我们寻找间隙冷静反思。人类的发展存在着一种问题，物质文明的进步有的时候带来的是灾难重重。受活人世世代代维系的乡土乌托邦抵御不了金钱、物欲的诱惑，在权势和财富的巨大阴影下被彻底异化，脆弱的乌托邦图景得到了前所未有

·下编·

的颠覆。桃源梦如果浸染了太多欲望，便注定引发悲剧，变成可怕的梦魇。一夜间，受活人遭到疯狂劫掠和羞辱，乡民们以退守的方式疏离了欲望世界，回归了。"一切都结了，像是一台戏，闹闹呵呵唱完了，该收拾戏台、戏装回家了"[10]。柳鹰雀也自残双腿落户受活庄。最终，受活庄从地图上消失了，大家重新开始过上"散日子"的世外桃源生活。

被欲望诱惑过的受活人还能重归纯朴恬静、远离尘埃喧嚣的生活吗？那些散淡、殷实、自由、无争的"散日子"真的能回来吗？阎连科这部小说的意义在于他虽设置了这种可能性结尾，却否定了传统的乌托邦的存在。阎连科曾说："我从小就有特别明显的感觉，中原农村的人们都生活在权力的阴影之下，在中原你根本找不到像沈从文的湘西那样的世外桃源。"[11]所以，《受活》中的村庄不同于汪曾祺笔下恬静、舒适的田园，不同于张炜笔下甜美、肥沃、诗意丰盈的野地，《受活》钟情于穷山恶水，倾听着乡人的愤怒和悲悯，这背后延续的是阎连科一贯的追寻和建构精神家园的忧虑感与迫切感。

参考文献：

［1］金昌庆：《影像艺术中的桃源原型叙事》，《南京师范大学文学院学报》2013年9月第3期，第13页

［2］阎连科：《受活》，春风文艺出版社2004年版，第6页

［3］阎连科：《日光流年》，《花城》1998年第6期，第29页

［4］吴晓东：《中国文学中的乡土乌托邦及其幻灭》，《北京大学学报》（哲学社会科学版）2006年第1期，第76页

［5］黄永林：《大众视野与民间立场》，新华出版社2005年版，第152页

［6］阎连科：《仰仗土地的文化》，《小说选刊》1996第11期，第79页

［7］阎连科：《受活》，春风文艺出版社2004年版，第118页

［8］阎连科：《受活》，春风文艺出版社2004年版，第475页

［9］阎连科：《受活》，春风文艺出版社2004年版，第475页

［10］阎连科：《受活》，春风文艺出版社2004年版，第427页

［11］杨剑龙、梁伟峰、赵欣：《在荒诞里表达对历史与现实的思考——关于阎连科〈受活〉的对话》，《理论与创作》2004年第6期，第58页

第三节　梦想·历史·回家

　　《人面桃花》和《受活》的首要关键词是梦想，以桃花源为底本的乡土乌托邦的梦想。两者题意本身就体现了梦想和传统的力量。格非的故乡是有着杏花春雨的江南，阎连科的籍贯是山地绵延的豫西，他们的"桃源梦"表层即浅释了一南一北地域隐性文化的不同，前者普济地方桃花绽放与"万事悠悠"有所萦怀，后者花嫂坡上花红柳绿却与滞浊残缺有所牵系。江南水乡细腻婉转柔情，豫西地区冷峻朴实刚烈，就连两地的花草、树木、阳光和山川似乎也都会呈现不同的文化认同色彩。还有方言，也蕴藏了这种传统文化多样性的精髓。《人面桃花》语言精致典雅，方言繁杂细碎；《受活》中的豫西方言，则是大量运用乡土化的语气助词和调门。它们区别再现了传统文化融通积淀而形成的不同的地域文化。

　　桃源的原型情境在这两部21世纪初的小说中得以激活时，作家那带有自我色彩的情感体验和构思积淀就奔涌而出了。《人面桃花》的桃源叙事更传统，那些经历和遭遇漫溢在无数柔腻的细节中。《受活》的桃源叙事则更具后现代性，解构和颠覆的意识也更为强烈，人物、事件本身便凸现了其深层的隐喻。两部小说在梦想和欲望的叙事、历史和时间的处理、精神归宿的觅求等方面有一致性，同时又有鲜明的差异性。

　　如果把《人面桃花》和《受活》里的梦想简而概之，那么前者就是四个人的四个梦想，后者就是两个人的两个梦想，这些梦想本质上可以归一为一个桃源梦想。其实，普通人的内心也会有乌托邦追寻的冲动和桃花源梦的完美，但多数人只是把这作为对枯燥贫乏生活的安慰和点缀。只有他们，无论是父亲陆侃、革命者张季元、土匪总揽把王观澄，还是秀米，为了那折磨人灵魂和生存的诸种痛楚中最痛楚的梦想，全力以赴地付诸了实践。茅枝婆和柳鹰雀从某种意义上来说也是为了实现乡民幸福的"桃源"实践者。他们的乌托邦行为拘囿于人心，存在着不可调和的悲剧内核，那就是欲望。欲望驱动人的行为，可是很多欲望逾出了自己的本分，人便永远无法对现实状态感到满足，这时，欲望就转变为各种具体的愿望和梦想。

格非自1995年在《收获》上举起一面招展的《欲望的旗帜》，到《人面桃花》，他"更多地还是让压抑的欲望冲决而出，转化成乌托邦冲动或人性憧憬的美感，并产生深刻象征意义。秀米、张季元、王观澄们之于性，并非是单纯的生命自由体验，而是对一种被置于生存、精神晦暗年代存在压制的自我挣扎"[1]。

父亲陆侃归隐忧世，根底在"贪恋官场声色"[2]；张季元壮怀激烈，但骨子里因被秀米深深吸引，他竟然有了是不是值得去做这些的动摇之念；王观澄的桃花源"实际上还是脱不了名、利二字"[3]；花家舍诸人的身心更充满了双重欲望，最后惨遭横祸。欲望催动着物换星移，人的梦想在叙述的时间和空间中消失或隐逸，"梦想的旅行终止之时，生活本身那细碎的真实就显得弥足珍贵"[4]。

我们在感喟梦想的复杂莫测与多姿多态时，再去看《受活》中命运悲剧、正剧、喜剧的铺演。《受活》包含了柳鹰雀的成长故事，正如《人面桃花》也是秀米的一个成长故事一样。柳鹰雀欲望的无限扩张与他的成长经历及养父的言传身教有关，他的致富梦混杂了他个人发迹的欲望，当受活人靠表演挣的钱即将像秋天里的落叶一样多时，当好日子眼看着就要到来时，柳鹰雀忍不住就在和伟人像排在一起的他的照片下写了一行字"戊寅虎年柳鹰雀刚过三十八岁升任地区副专员"[5]，受活人在其蛊惑下唤醒了人性中的本能欲望并看到了欲望实现的可能性，但没有料到结局的惨绝人寰。在荒诞和残酷的背后，我们的内心得到了激荡和震撼。

欲望和梦想，经不住时间的碾磨，回转头审视过去的岁月，时间已陷入历史的深渊。格非和阎连科在对历史和时间的处理上有相似之处。提到历史，我记起了文学评论家李敬泽说的一段话："很多长篇小说的结构原则是按照历史时间推进结构的，说明文学家本身没有自己的节奏，没有自己的时间表，只能从历史学家和政治学家那里借块表。"[6]借来的"表"毕竟不如自己的"表"用得踏实妥帖，用得心无挂碍。格非和阎连科不约而同地拥有了自己的时间表，历史时间小心翼翼地规避到了背后。

格非故意"打破外在时间，创造出一种内在时间，在一种迷离、恍惚、模糊的诗性感受中把握存在和永恒"[7]。阎连科有意在必须进行时间标记的地方一概使用阴历。两位作家理解历史的方式何其相近，处理历史时即便涉及重大事件也是小心行事，混淆时空，使历史背景力求虚化，"桃源梦"在人性和历史的震颤间复苏。他们借助非历史的力量，却给予了历史一种特别的意义。

在20世纪，很多大的历史事件发生了，它们在中国的历史书上铭刻了深深的印痕，作家们大多无法回避这些印痕的存在。传统历史小说作家正面叙述历史事件，人物成了反映历史事件的一个个符号，《白鹿原》等新历史小说却"巧妙地将重大历史事件处理成小说的叙述背景"[8]，格非和阎连科也在历史面前巧妙地侧转身，把历史作为叙事背景并更加模糊化，另辟通向历史图景的小道。《人面桃花》的历史背景是20世纪初辛亥革命的前后，《受活》的历史背景递进了大约半个世纪，是20世纪50年代之后的农村人的生存境遇。在这两位成熟作家的笔下，历史偶尔露出清晰的面孔，那便是《人面桃花》和《受活》里采用的叙事外注解的部分，只不过前者是碎片而后者是独立成章的絮言。格非曾经动过挪用地方志的叙事形式，将故事拆散了再组装进去的念头，《人面桃花》中散落在文中呈现地方志特色的注解以及张季元的日记片段表现了历史情境。《受活》中补叙的注解部分——絮言，把地方志、民间传说、寓言故事结合起来，为小说主体叙事提供了一种历史背景资料，勾画了一条历史脉络。把目光投向地方志这种叙事形式的还有孙惠芬创作的长篇小说《上塘书》，它纯粹以地方志和地理志的方式来结构小说，结构上暗中吻合了农村的伦理结构系统。

历史是深度的存在，它沿着时间的纬度投影于现实，只有立体地关照个人在历史的走向下生命的波折，关照村庄命运的浮沉，才能去洞悉其隐秘的意义。当梦想破灭，灵魂无可逃遁，人类最后的精神归宿是什么？《受活》的封面即有"回家吧，那里有我们需要的一切"[9]。回家，回归到旧有的家园，是两部小说主人公可以得到救赎、重获安宁的精神归宿。我们看到了秀米回家的情境："她又回到了陶渊明式的人生，高洁傲世、一尘不染，在养荷植梅、读书吟诗中打发自己的余生，在日常的生活、人情的往来、传统的庇护中安顿自己的心灵，向中国传统文人生活方式回归。"[10]岁月翩然逝去，格非似有不舍，于是他特意添加了一场村人在受灾年施粥互救的现实"桃源梦"。受活庄人则回归桃源般的乡村，他们摆脱权力的控制，回到了原本就有的伦理规矩和井然的生活秩序中。在这秩序里，他们天然地享受着平等，互不嘲笑，互不歧视，似乎身体的残疾反而促进了他们心灵的完整。由于意识到自身的"残缺"，他们反而是谦卑的，在遇到涉及全村人命运的大事的时候，他们用举手、按血手印儿、站到这边来或站到那边去等表决方式让大家自主地作出选择。只是，此番回归的觉醒是否也遗留着"桃源不再"的迷惑呢？

苏童认为："人与历史的距离亦近亦远，我看历史是墙外笙歌雨夜惊梦，历史看我或许就是井底之蛙了。什么是真的？什么是假的呢？"[11]历史本身是复杂的，人作为渺小的个体，被历史裹挟着，奋力所做的任何事原不过是构成历史的一个极为细小的碎片，"桃源"如褪色的丝绸般，在历史风云中渐渐消失了，但作家们还在辛苦地营构着他们心中的世外桃源。

参考文献：

[1] 张学昕：《格非〈人面桃花〉的诗学》，《当代作家评论》2005年第2期，第48页

[2] 格非：《人面桃花》，春风文艺出版社2004年版，第12页

[3] 格非：《人面桃花》，春风文艺出版社2004年版，第129页

[4] 谢有顺：《革命、乌托邦与个人生活史——格非〈人面桃花〉的一种解读方式》，《当代作家评论》2005年第4期，第104页

[5] 阎连科：《受活》，春风文艺出版社2004年版，第229页

[6] 2006年10月11日，在苏州召开的第五届中国青年作家批评家论坛上，本人记录下了《人民文学》主编李敬泽谈到作家要真正发出自己的声音时，意味深长地说的一段关于"文学家借表"的话。

[7] 张学昕：《格非〈人面桃花〉的诗学》，《当代作家评论》2005年第2期，第44页

[8] 范志忠：《新时期历史题材小说叙述范式的转型》，《浙江大学学报》（人文社会科学版）2002年第1期，第74页

[9] 阎连科：《受活》，春风文艺出版社2004年版，封面页

[10] 耿传明：《一个传奇与它背后的本事—格非的〈人面桃

花〉与历史乌托邦》，《天津师范大学学报》（社会科学版）2005年第5期，第66页

[11] 苏童：《自序》，见《苏童文集——后宫》，江苏文艺出版社1994年版，第1页

下编·

150

结　语

象征着人类精神归宿和理想境界的桃源原型被陶渊明之后的历代文人频频激活，古代文学中甚至出现了一个独特的"和陶"现象。顺流而下，现当代很多作家依然拥有深厚的桃源情结，成了陶渊明的追随者和响应者，将传统的桃花源价值理想融进了现代人的精神立场建构中。

周作人一再声称喜欢陶渊明，喜欢他"对于生活的态度"。湖畔诗人应修人在一首小诗《树下》中以"小渊明"自况，"笑今朝小渊明，为桃花折了腰——了"。郁达夫则自称为"骸骨迷恋者"，"于风和日朗的春天，长街上跟在陶潜的后头"[1]，他的小说《迟桂花》《东梓关》表达了他对人与自然关系的强烈认同感，以及像《东梓关》的主人公徐竹园那样把家乡视作桃源的初衷。

当代很多文人对陶渊明亦赞赏有加，朱光潜写下《陶渊明》一文，称赞"他的人格最平淡也最深厚"[2]。贾平凹重在对中国古典文学传统的继承与发扬，陶渊明是他在"中国几千年的文学"中推戴的首位作家，他认为"陶渊明、司马迁、韩愈、白居易、苏轼、柳宗元、曹雪芹、蒲松龄，尽管他们的风格有异，但反映的自然、社会、人生、心灵之空与灵，这是一脉相承的"，"在以中国的传统的美的表现方法来真实地表现当今中国人的生活、情绪的过程中，我总感觉到作品里可以不可以有一种'旨远'的味道？"[3]贾平凹营造的"商州世界"就是拥有传统美学表现手法的"空灵"家园。

当代小说中的桃源叙事与现代作家的桃源书写相比，现代作家废名、沈从文寻求的田园牧歌式生活似乎更切合桃源的宁静温馨。在那个风云激变的时代，梦想着远离浊世的作家就像鲁迅说的陶渊明"乱也看惯了"，"篡也看惯了"，"文章便更和平"，这才成了"非常和平的田园诗人"。[4]许多当代作家在市场经济的大潮中逐流，已经不能简单地与现实社会隔绝，借助桃源的恬然自乐来获得宽慰和解脱。他们徘徊在理想主义与虚无主义之间，也不能简单地为自己创造个陶渊明式的"桃花源"，将生存焦虑麻痹或者干脆回避。

张炜认为陶渊明可以用来疗救现代的焦虑，不过，张炜虽找到了内心桃源，却"还是有别于陶渊明那种用自然消解痛苦的逍遥精神，至少，在张炜的体验中，保持着一个坚强的痛苦转换机制：投身自然的幸福，来自于受苦，有此代价的人们，才会远离社会与尘嚣"[5]。此番"受苦"在张炜小说中那些执拗坚忍、一直进行永恒精神守望的知识分子身上有所体现，"桃源梦"就透着一丝苦涩的滋味，逼迫你不得不去感受个人内心日益加重的矛盾冲突。制约着张炜小说桃源叙事风格的是他倾向于故地田园、乡村野地的审美意识。张炜的希求简明而坚韧，"内心桃源"寄托了他以沉稳姿态坚守的道德理想，暗含了对工业文明的精神抵触。

当代小说中如张炜般依然精心建构"桃源"者少，解构桃源者众。不过，解构者并没有武断地消解桃源的意义和价值，而是用自己的声音让桃源超越梦幻而变得更现实。莫应丰的《桃源梦》、叶兆言的《桃花源记》、格非的《人面桃花》和阎连科的《受活》莫不如此。至于韩少功的《归去来》则直接把小说题目遥指陶渊明，这个短篇是对幻想与现实交错的"回归"的解构。评论家王德威对此有过论断："二十世纪末中国作者的归家返乡渴望，不以回到故园为高潮；恰相反的，它是一种梦魇式的漫游，以回到一个既陌生又极熟悉的所在为反高潮。"[6]

建构桃源的诗化叙事和解构桃源的反讽叙事齐头并进。桃源叙事小说诗意化的叙事特征恰恰与寻觅和歌颂精神家园的主题相适应，伴着在尘世的徒然奔忙之后返璞归真的和谐心境。解构桃源的反讽叙事对人类自身、人性的弱点给予了批判，让人反省其作为人的存在和生存境遇，令人清醒地抵制自身的异化和退化。

当代小说中的"桃源梦"就在桃源与现实间彷徨，桃源原型在多变的时代风云中呈现不同的思维变体，在每年近千部长篇小说问世的21世纪的今天，许多抒写人生、透视文化、表现命运、描摹历史的小说，或直接缀以《桃花源》的篇名，或隐藏着桃源的意象，驱动着文人那寻找精神家园的叙事动力机制。我们深深感悟着传统文化的现代因素，也不妨把这看作表现传统文化丰富性复杂性的当代景观。桃源叙事的小说体现的不仅仅有传统文化中的道家思想，还有儒家和禅宗，本书很遗憾没有就此进行深入阐发。

桃源原型在当代文学中被屡屡激活的事实引发我们思考，并引发我们进一步探讨这样的问题：桃源叙事空间是否能够拓宽？其创作的局限性和叙述困境如何？桃源意象在当代文学创作中的前景如何？

当代桃源叙事小说对桃源空间的抒写很难拥有一种超越性的创作立场，曾有论者这样评论汪曾祺："当他致力于田园乌托邦式的写作时，他是受着陶渊明、废名、沈从文的精神传统的驱使，受着一个民族的乌托邦观念的驱使，这一定程度可以说是从一种意识形态转向另一种意识形态。尽管那些作品至善至美，堪称绝唱，但总能隐隐约约显示出他对历史真相和自身责任的规避，显示出他的精神软弱与自欺。"[7]

桃源叙事的文学作品使读者获得"清凉静退"[8]的意味，换言

153

之，"静退"里隐含着苟且偷生的人生态度，类似于一种"利己的倒退"[9]。那么，桃源叙事的小说文本中也会隐含消极避世的思想局限性。

至于桃源叙述的困境则体现在"桃源"那浓郁的地域色彩和乡土色彩上。20世纪90年代，"祛除传统地域色彩的创作方法已经成为众多乡土小说作家竞相采用的技巧，无论是在成名已早的贾平凹、莫言、刘震云等乡土作家笔下，还是在刘醒龙、何申、张宇、李佩甫等传统现实主义手法的作家笔下，以及更年轻的东西、鬼子、毕飞宇等新锐作家的作品中，都已经很难看到传统乡土小说浓郁的地域风貌追求和明确的地方色彩。这一点，构成了20世纪90年代以来乡土小说一道特别的风景"[10]。桃源叙事小说并不置身于这道风景线，仍然固执地强调对地域色彩的表现，并把浓墨重彩的地域风貌作为故事发生的背景，展示了一种渗入其中的独特自然环境及地方文化心理，这使本来充满了如梦的时空感的"桃源"在作家的叙事中遭遇困境。与之相比，武侠小说的江湖世界竟是个不存在叙述困境的超现实的文化空间。代表正义和公道的侠客将江湖衬托得更加完美。从原型角度来说，它也是中国人古老的精神家园——桃花源的投射和变形，"在贪官当道贫富悬殊的'朝廷'之外，另建损有余以奉不足的合乎天道的'江湖'，这无疑寄托了芸芸众生对公道和正义的希望。……此乃重建中国人古老的'桃源梦'"[11]。"江湖"由此增添了鲜明的象征色彩。

当代作家在内心陷于悲孤之时，会回首那个远古的桃源，体认其中的本质精神，意欲化解身在人世的孤独感。无疑，陶渊明是孤独的，陶渊明因为孤独而原创桃源，即便在"悠然见南山"的那一刻，他也无法彻底排解心中的矛盾复杂，桃源也依旧孤零零地作遗世独立状，神秘地横亘在诗人孤独的心坎上。

可是，时过境迁，当代作家不见得会真正为"孤独"而仿造桃源，也许还有张炜会去海边万亩松林中寻求孤独的生命写作状态，可是这绝不能和真正挂冠解绶的陶渊明的孤独相提并论。

张炜把多年的心事化作现实，在山东港栾河边的清风绿树间构筑了一处名为万松浦的书院，他尤其警惕"热闹和虚荣"[12]。转而窃想，备受自然润泽的书院除了鸟声啁啾，更需要人声的间或鼎沸，需要影响力和名声的远扬，需要渴盼精神营养的读书人和写作者。在摒除热闹与维系书院的存在之间，交织着重重矛盾。

既然当代的作家没有心力和氛围去孤独，桃源的身份就有些值得怀疑，物质主义并不能为桃源的原型提供坚实可靠的精神支持。正如我们身处闹市却倾慕田园，仅仅偶尔去踏青野游，做个暂时让风吹过烦扰远遁的过客。其实我们心知肚明，田园实不如城里。作家们用文本迷恋乡村桃源，却为何仍然选择现世的城市栖居？因为生活在此处，灵魂在别处，现实在此处，桃源在别处，别处只能用来反观此处的存在。

我们在经典的桃源叙事之外，看到了不少描写桃源意象的"鱼龙混杂"的中长篇小说，有些小说的桃源叙事本身带有很大的随意性和随机性，没有得到作家心灵的感应和共鸣，这种故作迎合姿态的小说显然不能被读者认可。

我们还从许多关于桃源叙事的小说文本中发现，许多久居城市的作家书写的桃源呈现出了符号化倾向。大多数作品对桃源的理解和描述还停留在过去，即便有意模糊了时间，也能浮现出20世纪七八十年代的世态。田园牧歌式的美丽被无限制地符号化，现世的农村被从桃源的意象中挤退。究其原因，一方面，因为这正与桃源原型的传统性意象相契合，那个自足的封闭的乡村世界本身规避现代文明和城市文明；另一方面，由于作家长期生活在城市，"农村的形象被固定在某个特定的记忆之中，特别是童年对农村的记忆，总是被作家们不经意地放置到今天的语境中。这就是一种错位，这种时代与记忆的错位就导致了明显的判断失误，从而加重了符号化的倾向"[13]。

在全球化的进程中，在大众传播媒介增强的趋势下，在文学的巅峰时代似乎已经过去之际，我们还要固执地问那个"文学会不会消亡"的问题。

文学不会消亡，会成为少数人的精神家园，而"桃源"又是这块精神家园中独具魅力的一隅。桃源望断无寻处，但是我们并不甘心，桃源的挽歌唱一段又戛然停止，接着又继续唱下去，作家们在心照不宣地继续寻觅桃源的踪迹。这是集体无意识的体现，是民族文化传统在作家们心里留下的印记。

桃源寄寓着我们摆脱异化、回归自然的渴望，糅合着我们对幽美诗意、淡远纯粹的诗美理想的追求，我们岂能不心向往之？

参考文献：

[1] 郁达夫：《骸骨迷恋者的独语》，见《郁达夫全集（第3卷）》，浙江大学出版社2007年版，第110页

[2] 朱光潜：《陶渊明》，见《朱光潜全集3》，安徽教育出版社1987年版，第249页

[3] 贾平凹：《变革声浪中的思索》，转引自樊星：《新时期"新潮小说"的流变与现代派思潮》，《南京师范大学文学院学报》2003年第1期，第117页

[4] 鲁迅：《而已集·魏晋风度及文章与药及酒之关系》，见《鲁迅全集》（第3卷），人民文学出版社1973年版，第505页

[5] 谢有顺：《再度先锋》，见《先锋就是自由》，山东文艺出版社2004年版，第78页

[6] 王德威：《魂兮归来》，《当代作家评论》2004年第1期，

第15页

[7] 摩罗：《悲悯的情怀》，见《不死的火焰》，中国工人出版社2002年版，第63—64页

[8] 钱穆：《中国文化史导论》，商务印书馆1994年版，第182页

[9] 王治河：《扑朔迷离的游戏——后现代哲学思潮研究》，社会科学文献出版社1993年版，第93页。王治河在论及"乡愁"这种"无非是对某种失落东西的感伤"的情绪时，引用了法国当代著名后现代哲学家列维那的说法，列维那将乡愁视为表达了向"同"的倒退性的回归，"乡愁往好了说是人类经验的一种被界定的和正在界定的形式，往坏了说则是一种邪恶的、利己的倒退"。笔者文中之所以引用这种说法，是因为回归桃源代表了对"异"的拒绝，有利己般自得其乐的取向。

[10] 贺仲明：《论中国乡土小说的二重叙述困境》，《浙江学刊》2005年第4期，第121—122页

[11] 陈平原：《千古文人侠客梦》，人民文学出版社1992年版，第72页

[12] 张炜：《书院的思与在》，见万松浦书院编《边缘的声音》，山东画报出版社2005年版，第56页

[13] 傅翔：《生活距离我们到底有多远？》，《文艺评论》2006年第5期，第8页

参考文献

一、图书类

1.[加拿大]N．弗莱：《作为原型的象征》，见叶舒宪选编《神话——原型批评》，陕西师范大学出版社1987年版

2.[德]韦伯著，郑乐平编译：《经济·社会·宗教——马克斯·韦伯文选》，上海社会科学院出版社1997年版

3.[德]汉斯·罗伯特·耀斯著，顾建光、顾静宇、张乐天译：《审美经验与文学解释学》，上海译文出版社1997年版

4.[德]H．R．姚斯、[美]R．C．霍拉勃著，周宁、金元浦译：《接受美学与接受理论》，辽宁人民出版社1987年版

5.[美]埃里克·H．埃里克森著，孙名之译：《同一性：青少年与危机》，浙江教育出版社1998年版

6.[英]托马斯·莫尔著，吴磊编译：《乌托邦》，人民日报出版社2005年版

7.[美]保罗·蒂里希著，徐钧尧译：《政治期望》，四川人民出版社1989年版

8.[美]大卫·哈维著，胡大平译：《希望的空间》，南京大学出版社2006年版

9.[美]R．尼布尔著，成穷、王作虹译：《人的本性与命运》，贵州人民出版社2006年版

10.[美]门罗·C．比厄斯利著，高建平译：《西方美学简史》，北京大学出版社2006年版

11.[加]诺思罗普·费莱著，陈慧、袁宪军、吴伟仁译：《批评的解剖》，百花文艺出版社2006年版

12.[英]齐格蒙·鲍曼著，郁建兴、周俊、周莹译：《生活在碎片之中——论后现代道德》，学林出版社2002年版

13.[英]齐格蒙特·鲍曼著，张成岗译：《后现代伦理学》，江苏人民出版社2003年版

14.朱光潜：《文艺心理学》，安徽教育出版社2006年版

15.[美]亨利·戴维·梭罗著，戴欢译：《瓦尔登湖》，当代世界出版社2003年版

16.沈从文：《沈从文全集》，北岳文艺出版社2002年版

17.钱谷融、鲁枢元主编:《文学心理学》，华东师范大学出版社2003年版

18.王学谦：《自然文化与20世纪中国文学》，吉林大学出版社1999年版

19.汪曾祺：《汪曾祺文集》，江苏文艺出版社1993年版

20.姚文放：《当代性与文学传统的重建》，人民文学出版社2004年版

21.黄发有：《准个体时代的写作——20世纪90年代中国小说研究》，上海三联书店2002年版

22.范培松：《中国散文批评史》，江苏教育出版社2000年版

23.朱寿桐：《文学与人生十五讲》，北京大学出版社2006年版

24.李剑锋：《元前陶渊明接受史》，齐鲁书社2002年版

25.鲁枢元：《生态文艺学》，陕西人民教育出版社，2000年版

26.李大华：《生命存在与境界超越》，上海文化出版社2001年版

27.刘中文：《唐代陶渊明接受研究》，中国社会科学出版社2006年版

28.朱立元：《接受美学导论》，安徽教育出版社2004年版

29.冯友兰：《中国哲学史》，华东师范大学出版社2000年版

30.迟子建：《清水洗尘》，中国文联出版社2001年版

31.李泽厚：《中国美学史》（先秦两汉篇），安徽文艺出版社1999年版

32.程学城：《原型批判与重释》，东方出版社1998年版

33.丰子恺：《丰子恺文集》（第2卷），浙江文艺出版社1992年版

34.崔志远：《乡土文学与地缘文化——新时期乡土小说论》，中国书籍出版社1998年版

35.汪树东：《中国现代文学中的自然精神研究》，黑龙江人民出版社2005年版，

36.罗成琰：《百年文学与传统文化》，湖南教育出版社2002年版

37.申丹：《叙述学与小说文体学研究》，北京大学出版社2004年版

38.王嘉良、颜敏主编：《中国现当代文学作品选读》，上海教育出版社2004年版

39.李国文主编：《中国当代文学作品精选（1949—1999）》（短篇小说卷上），北京十月文艺出版社1999年版

40.汪曾祺：《汪曾祺全集》，北京师范大学出版社1998年版

41.张炜：《九月寓言》，上海文艺出版社1993年版

42.耿占春：《叙事美学：探索一种百科全书式的小说》，郑州

大学出版社2002年版

43.陈思和：《中国新文学整体观》，上海文艺出版社1987年版

44.贾平凹：《高老庄》，春风文艺出版社2006年版

45.贾平凹、走走：《我的人生观》，云南人民出版社2006年版

46.贾平凹：《秦腔》，作家出版社2005年版

47.苏涵：《民族心灵的幻象：中国小说审美理想》，人民文学出版社2000年版

48.马原、陈村、余华等著：《风景依然》，二十一世纪出版社2006年版

49.莫应丰：《桃源梦》，人民文学出版社1987年版

50.陈继明：《一人一个天堂》，花城出版社2005年版

51.南帆：《冲突的文学》，上海社会科学院出版社1992年版

52.陈应松：《马嘶岭血案》，群众出版社2005年版

53.丹羽：《归去来兮》，大众文艺出版社2004年版

54.樊星：《当代文学与多维文化》，武汉大学出版社2005年版

55.阎连科：《天宫图》，江苏文艺出版社2005年版

56.萧夏林主编：《忧愤的归途》，华艺出版社1995年版

57.格非：《人面桃花》，春风文艺出版社2004年版

58.格非：《格非作品精选》，长江文艺出版社2006年版

59.格非：《小说叙事研究》，清华大学出版社2002年版

60.郭小东：《中国叙事：中国知青文学》，花城出版社2005年版

61.童庆炳：《现代心理美学》，中国社会科学出版社1993年版

62.迟子建：《雾月牛栏》，华文出版社2002年版

63.孔范今、施战军主编：《张炜研究资料》，山东文艺出版社2006年版

64.冰心：《我的童年》，黄河文艺出版社1986年版

65.迟子建：《踏着月光的行板》，北京十月文艺出版社2004年版

66.汪曾祺：《汪曾祺小说》，广西人民出版社2006年版

67.迟子建：《格里格海的细雨黄昏》，江苏文艺出版社2003年版

68.迟子建：《微风入林》，春风文艺出版社2005年版

69.迟子建：《逝川》，长江文艺出版社1996年版

70.迟子建：《向着白夜旅行》，河北教育出版社1995年版

71.白烨主编：《文学新书评（2004—2005）》，社会科学文献出版社2005年版

72.刘小枫：《拯救与逍遥》，上海三联书店2001年版

73.张明高、范桥编：《周作人散文》（第二集），中国广播电视出版社1992年

74.张炜：《远河远山》，时代文艺出版社2005年版

75.张炜：《庄周的逃亡》，江苏文艺出版社2003年版

76.张炜：《外省书》，花城出版社2005年版

77.许纪霖编：《20世纪中国知识分子史论》，新星出版社2005年版

78.张炜：《批评与灵性》，文汇出版社2005年版

79.张炜：《怀念与追记》，作家出版社1996年版

80.张炜：《童眸》，北京十月文艺出版社1988年版

81.成复旺：《走向自然生命——中国文化精神的再生》，中国人民大学出版社2004版

82.王弼：《老子注》，《诸子集成（三）》，中华书局1986年版

83.傅勤家：《中国道教史》，商务印书馆1998年版

84.金正耀：《中国的道教》，商务印书馆1996年版

85.张炜：《丑行或浪漫》，云南人民出版社2003年版

86.阎连科：《受活》，春风文艺出版社2004年版

87.格非：《迷舟》，作家出版社1989年版

88.谢有顺：《此时的事物》，江苏教育出版社2005年版

89.黄永林：《大众视野与民间立场》，新华出版社2005年版

90.郜元宝：《说话的精神》，山东文艺出版社2004年版

91.孔范今、施战军主编：《苏童研究资料》，山东文艺出版社2006年版

92.周作人：《知堂书话》，岳麓书社1986年版

93.郁达夫：《郁达夫全集（第3卷）》，浙江文艺出版社1992版

94.朱光潜：《朱光潜全集》，安徽教育出版社1987年版

95.姜广平：《经过与穿越——与当代著名作家对话》，广西师范大学出版社2004年版

96.鲁迅：《鲁迅全集》（第3卷），人民文学出版社1956年版

97.北村：《玛卓的爱情》，长江文艺出版社2001年版

98.摩罗：《不死的火焰》，中国工人出版社2002年版

99.钱穆：《中国文化史导论》，商务印书馆1994年版

100.王治河：《扑朔迷离的游戏——后现代哲学思潮研究》，社会科学文献出版社1993年版

101.陈平原：《千古文人侠客梦》，人民文学出版社1992年版

102.叶弥：《天鹅绒》，山东文艺出版社2004年版

103.万松浦书院编：《边缘的声音》，山东画报出版社2005年版

104.楼适夷、赵兴茂编：《修人集》，浙江人民出版社1982年版

105.吴士余：《中国文化与小说思维》，上海三联书店2000年版

106.庞守英：《反思与追寻——中国当代文学杂谈》，齐鲁书社2004年版

107.尹昌龙著：《1985：延伸与转折》，山东教育出版社1998年

版

108.於可训：《当代文学：建构与阐释》，武汉大学出版社2005年版

109.张志忠：《1993：世纪末的喧哗》，山东教育出版社1998年版

110.吴光正：《中国古代小说的原型与母题》，社会科学文献出版社2002年版

111.赵慧平：《批评的视界》，中国社会科学出版社2004年版

112.格非：《山河入梦》，上海文艺出版社2012年版

113.格非：《春尽江南》，上海文艺出版社2015年版

114.陈思和：《中国当代文学关键词十讲》，复旦大学出版社2002年版

115.曹文轩：《二十世纪末中国文学现象研究》，作家出版社2003年版

116.扈海鹂：《解读大众文化：在社会学的视野中》，上海人民出版社2003年版

117.陈平原：《中国小说叙事模式的转变》，北京大学出版社2003年版

118.谢有顺：《先锋就是自由》，山东文艺出版社2004年版

119.黄书泉：《文学转型与小说嬗变》，安徽教育出版社2004年版

120.刘小枫：《刺猬的温顺——讲演及其相关论文集》，上海文艺出版社2002年版

121.董健、丁帆、王彬彬主编：《中国当代文学史新稿》，人民文学出版社2005年版

122.陈国恩：《中国现代文学的历史与文化透视》，武汉大学出版社2005年版

123.南帆：《后革命的转移》，北京大学出版社2005年版

124.钱文忠：《人文桃花源》，上海书店出版社2007年版

125.范培松：《中国散文史》，江苏教育出版社2008年版

126.张炜：《你在高原》，作家出版社2010年版

127.范培松：《范培松文集》，江苏教育出版社2012年版

128.[法]阿尔贝·加缪著，王殿忠、杨荣甲译：《评论文集》，上海译文出版社2013年版

129.张志扬：《记忆中的影子回旋曲——事件阅读经验》，上海人民出版社2013年版

130.罗根泽：《中国文学批评史》，上海人民出版社2015年版

131.迟子建：《群山之巅》，人民文学出版社2015年版

133.宁肯：《天·藏》，北京十月文艺出版社2013年版

133. 张炜：《陶渊明的遗产》，中华书局2016年出版

二、报刊类

1.李茂民：《苦难及其救赎——张炜创作中的文化主题》，《东岳论丛》1999年5月第20卷第3期

2.李陀、阎连科：《受活——超现实写作的重要尝试》，《南方文坛》2004年第2期

3.肖莉：《回忆和氛围——汪曾祺小说文体的诗意建构》，《福建师范大学学报》2006年第2期

4.孙郁：《汪曾祺的魅力》，《当代作家评论》1990年第6期

5.方守金：《童年视角与情调模式——论迟子建小说的叙事特征》，《深圳信息职业技术学院学报》2001年第1期

6.姚建斌：《乌托邦小说：作为研究存在的艺术》，《北京师范大学学报》2003年第2期

7.吴晓东：《中国文学中的乡土乌托邦及其幻灭》，《北京大学学报（哲学社会科学版）》2006年第1期

8.黄忠顺：《历史神话化叙事的时间构成——〈九月寓言〉个案观察》，《海南师范学院学报》2004年第4期

9.王鸿生：《反乌托邦的乌托邦叙事——读〈受活〉》，《当代作家评论》2004年第2期

10.郭艳：《守望中的自我确认——张炜小说论》，《当代文坛》2001年第1期

11.张炜、王尧：《伦理内容和形式意味》，《当代作家评论》2002年第3期

12.王光东、李雪林：《张炜的精神立场及其呈现方式——以九十年代长篇小说为例》，《当代作家评论》2002年第3期

13.王春林、贾捷：《神圣家族——从〈家族〉看张炜的道德乌托邦理想》，《山西大学学报》（哲学社会科学版）1997年第1期

14.彭维锋：《狂欢书写与修辞隐喻——以张炜〈九月寓言〉为个案》，《济南大学学报》2005年第1期

15.罗良金：《在流浪中寻找精神的家园——论张炜的小说》，《贵州文史丛刊》2006年第3期

16.蔡淑华：《生存的残酷与妩媚——专访小说家格非》，《当代作家评论》2006年第6期

17.樊星：《新时期"新潮小说"的流变与现代派思潮》，《南京师范大学文学院学报》2003年第1期

18.阎连科：《仰仗土地的文化》，《小说选刊》1996第11期

19.杨剑龙、梁伟峰、赵欣：《在荒诞里表达对历史与现实的思考——关于阎连科〈受活〉的对话》，《理论与创作》2004年第6期

20.张学昕：《格非〈人面桃花〉的诗学》，《当代作家评论》2005年第2期

21.范志忠：《新时期历史题材小说叙述范式的转型》，《浙江大学学报》（人文社会科学版）2002年第1期

22. 耿传明：《一个传奇与它背后的本事——格非的〈人面桃花〉与历史乌托邦》，《天津师范大学学报》（社会科学版）2005年第5期

23. 王德威：《魂兮归来》，《当代作家评论》2004年第1期

24. 傅翔：《生活距离我们到底有多远？》，《文艺评论》2006年第5期

25. 王坤：《反思"文革"悲剧根源的力作——长篇小说〈桃源梦〉的寓意解读》，《北京科技大学学报》（社会科学版）2001年第1期

26. 阎笑雨：《论中国现代乡土作家的"桃花源"情结》，《中国文学研究》1996年第3期

27. 王文岭：《从精神的漫游到诗意的生存——试论陶渊明对中国文人士大夫精神家园的最后建构》，《南京晓庄学院学报》2002年第1期

28. 张维：《论〈桃花源记〉与陶渊明的归隐体验》，《湖州师范学院学报》2003年第S1期

29. 张虎升：《人性：自由意志的追求——陶渊明三篇奇文的再讨论》，《武汉教育学院学报》2001年第5期

30. 罗宽海：《在漂泊中寻求归宿——论社会转型期长篇小说中知识分子的精神状态》，《文艺理论与批评》2006年第2期

31. 张楠：《浅析〈群山之巅〉中的动物意象》，《速读旬刊》2017年第5期

32. 杨经建：《追寻：中外文学的叙事母题》，《文史哲》2006年第4期

33. 石兴泽：《青春岁月的诗性书写——知青小说浪漫主义的纵横考察》，《东岳论丛》2006年第4期

34. 童龙超：《乡土意识：乡土文学的"灵魂"》，《江淮论

坛》2006年第3期

35.郭德民：《世俗化语境与世纪末中国文学》，《河南师范大学学报》（哲学社会科学版）2002年第1期

36.杨政：《寻找精神家园与文学的职责》，《西南民族学院学报·哲学社会科学版》2002年第3期

37.冯文楼：《从桃花源、后花园到大观园——一个文学类型的文化透视》《陕西师范大学学报》（哲学社会科学版）2006年第5期

38.何瑛：《你的世界之外：从大柳庄到香炉山——叶弥小说中的乌托邦实践》，《扬子江评论》2015年第4期

39.叶弥：《看来看去或秘密交流》，《当代作家评论》2001年第2期

40.朱红梅：《让徒劳发生——也谈叶弥的小说》，《文学报》2017年3月23日

41.郭名华：《叩问存在：文坛守望者与精神坚守者——谢有顺的批评姿态》，《当代文坛》2005年第2期

42.张祥龙：《朝向生存之美的中华》，见《南方周末》2012年12月20日T1版

43.洪治纲：《知识分子的另一种书写姿态——尤凤伟小说论》，《当代作家评论》2002年第6期

44.金昌庆：《影像艺术中的桃源原型叙事》，《南京师范大学文学院学报》2013年9月第3期

45.王兴文：《微观历史视域中的桃源梦想——以格非的"江南三部曲"为中心》，《海南师范大学学报》（社会科学版）2014年第10期

图书在版编目（ＣＩＰ）数据

桃源文心 / 张立著. -- 济南：山东友谊出版社，
2018.6

ISBN 978-7-5516-1661-4

Ⅰ.①桃… Ⅱ.①张… Ⅲ.①小说研究－中国－现代
②小说研究－中国－当代 Ⅳ.①I207.42

中国版本图书馆CIP数据核字(2018)第150530号

主管单位：山东出版传媒股份有限公司
出版发行：山东友谊出版社
地　　址：济南市英雄山路189号　邮政编码：250002
电　　话：出版管理部（0531）82098756
　　　　　市场营销部（0531）82098035（传真）
印　　刷：潍坊鑫意达印业有限公司
版　　次：2018年6月第1版
印　　次：2018年6月第1次印刷
规　　格：710mm×1000mm　1/16
印　　张：11
字　　数：140千字
定　　价：32.00元